ro
ro
ro

Schon seit meiner Kindheit verschlinge ich Geschichtsbücher. Ich wuchs auf mit Lektüre über das alte Ägypten und das Griechenland der Antike, über das Europa des Mittelalters und der Renaissance, das frühere Irland und das England der Dichter der Romantik …

Maria Isabel Pita

Schmutzige Spiele

Erotische Geschichten

Deutsch von Julia Peters

Rowohlt Taschenbuch Verlag

Die Originalausgabe erschien 2005
unter dem Titel «Guilty Pleasures» bei
Magic Carpet Books, Inc.,
New Milford/USA

Deutsche Erstausgabe
Veröffentlicht im Rowohlt Taschenbuch Verlag,
Reinbek bei Hamburg, Januar 2009

Published by Arrangement with
Magic Carpet Books, Inc.
Redaktion Gabi Banas
Umschlaggestaltung any.way, Cathrin Günther
(Foto: mauritius images)
Satz aus der Bembo PostScript, InDesign,
bei Pinkuin Satz und Datentechnik, Berlin
Druck und Bindung CPI – Clausen & Bosse, Leck
Printed in Germany
ISBN 978 3 499 24874 0

Inhalt

Für meinen lieben und wunderbaren Freund
Richard Kasak

Einleitung

Liebe Leserin, lieber Leser,
schon seit meiner Kindheit verschlinge ich Geschichtsbücher. Ich wuchs auf mit Lektüre über das alte Ägypten und das Griechenland der Antike, über das Europa des Mittelalters und der Renaissance, das frühere Irland und das England der Dichter der Romantik … doch damit nicht genug. Ich forschte nach Einzelheiten des täglichen Lebens zu verschiedenen Zeiten und an verschiedenen Orten, um genügend Material zu sammeln für die Romane, die ich schreiben wollte, wenn ich einmal erwachsen war. Ordner um Ordner füllte ich mit maschinegeschriebenen Fakten sowie mit Illustrationen, die ich aus den Büchern kopierte. Dieses Buch ist die Verwirklichung eines Lebenstraums und das Ergebnis meiner wachsenden Begeisterung für die unterschiedlichen Arten, auf die Menschen – Männer wie Frauen – im Laufe der Geschichte Liebe und Lust zum Ausdruck gebracht haben.

Sie können das Buch auf drei verschiedene Arten lesen: vom Anfang bis zum Ende (von der heutigen Zeit bis zur fernen Vergangenheit), von der Vergangenheit bis zur Gegenwart oder einfach in Form kleiner Zeitreisen, wann immer Ihnen danach ist.

Wir Frauen wissen, dass nichts im Leben wichtiger

ist als das, was wir fühlen und mit wem wir es fühlen. Gefühlsintensive Phantasien sind deshalb nicht nur eine köstliche Art, sich die Zeit zu vertreiben; sie helfen uns auch dabei, den Draht zu unserem tiefsten Inneren nicht zu verlieren. Ich persönlich schreibe über nichts lieber als über die Macht der körperlichen Liebe und die phantasievollen Gelüste, die sie immer wieder von Neuem in uns entfacht.

Maria Isabel Pita
Baton Rouge 2005

Donnerstagnachmittag

Coral Gables, Florida 2005

Weltweit entstehen pro Sekunde über hundert Blitze. Am spektakulärsten sind die hellen und meist vielfach verzweigten Erdblitze zwischen den Gewitterwolken und der Erdoberfläche. In Florida werden mehr Blitze registriert als in allen anderen Gebieten der Vereinigten Staaten von Amerika.

Sheryl sitzt am Schreibtisch und arbeitet. Über den tiefblauen Computermonitor schweben weiße Zahlen wie Schwärme winziger leuchtender Fische, während sie durch ihr persönliches Bullauge auf ein Meer von Informationen starrt.

Ihr Kater Merlin findet den Bildschirm ebenso faszinierend wie frustrierend. Groß und schwarz liegt er neben ihrer Tastatur, die goldfarbenen Augen auf das frustrierende Aquarium des Monitors gerichtet.

«Das sind doch nur Zahlen, Dummchen», erklärt sie ihm zum hundertsten Mal und stupst seine Stirn sanft mit der ihren an, bevor sie blitzschnell einige Blätter Papier auffängt, die er mit einem erfreuten Schwanzwedeln vom Schreibtisch fegt. Sein lautes Schnurren übertönt das dezente Summen des Computers.

Sheryl betreibt zusammen mit dem ihr seit fünf Jahren angetrauten Ehemann eine kleine, aber lukrative Web-Design-Firma. Selbständig zu sein ist zwar in gewisser Weise ein Luxus, aber auch ein zweischneidiges Schwert, weil es ein beträchtliches Maß an Selbstdisziplin erfordert. Sie lehnt sich auf ihrem Stuhl zurück und streichelt Merlins geschmeidigen Rücken, der unter ihrer Hand wie eine warme schwarze Welle nach oben geht und ihr hilft, ihren verspannten Rücken zu lockern.

Als das Telefon neben ihm ein schrilles Schnurren von sich gibt, springt er vom Schreibtisch

«Hallo?», meldet sich Sheryl, wie immer in der Hoffnung, dass es ihr Mann ist.

Am anderen Ende der Leitung aber bleibt es still.

«Hallo?», wiederholt sie verärgert, bevor sie auflegt und sich wieder der Berechnung ihres Quartalsergebnisses widmet.

Nach einer weiteren Stunde nervtötender Buchführung zwingt sie ein Hungergefühl zu einer Pause.

Als Merlin hört, wie sie aufsteht, entfaltet er sich wie der schwarze Samen des Universums von einer Kugel auf dem Sofa und lässt die Beine von Zeit und Raum sprießen, während die goldenen Sonnen seiner Augen das Licht der Welt erblicken. Schläfrig folgt er ihr in die Küche, wo sie der Versuchung widersteht, sich zu ihrem Sandwich ein Bier zu genehmigen. Nach dem Essen macht sie sich gleich wieder an die Arbeit, ohne vorher die Zähne zu putzen.

Ein Donnergrollen lässt sie von ihren Finanzberechnungen hochschrecken. Die Zahlen auf dem Monitor verschwimmen, und einen Moment lang hält sie sich die Hand vor die Augen. «Das reicht für heute», informiert sie Merlin, doch der ist nirgendwo zu sehen. «Feigling.» Sie lächelt, als plötzlich ein Blitz das Zimmer erhellt.

Sheryl sichert schnell noch ihre Daten, schaltet den Computer aus und strafft vor dem Fenster den Rücken. Sie genießt die Atmosphäre des aufziehenden Sturms. Das gespenstische Licht des sich verdunkelnden Nachmittags törnt sie an. Hinter den Bäumen bilden sich am Himmel in Sekundenbruchteilen zerklüftete Risse, die ihr einen freudigen Schauer über den Rücken jagen. Sie liebt Blitze; in solchen Augenblicken hat sie immer das Gefühl, teilzuhaben an einer ewigen Energie, die nur hin und wieder auf sie überspringt.

Sie lässt sich auf die Couch fallen, um das Schauspiel zu genießen und sich ein Weilchen auszuruhen, bevor sie sich mit ihrem üblichen kulinarischen Geschick dem Problem des Abendessens widmet. Noch hat es nicht angefangen zu regnen, und als der Donner für einen Augenblick erstirbt, liegt das Haus um sie herum in tiefer Stille. Sie steckt sich ein Kissen in den Nacken, um den Himmel besser sehen zu können, der mit gefährlich wirkenden schwarzen Wolken verhangen ist. Ihr erscheint es fast natürlich, wie etwas, das sie erwartet, ja sich sogar gewünscht hat, als die schwarzen Wolken plötzlich in Gestalt einer in einem schwarzen Handschuh steckenden Hand, die ihr den Mund zuhält, ins Haus fallen.

«Lass dir bloß nicht einfallen zu schreien», flüstert ihr eine Männerstimme ins Ohr. «Wenn du genau das tust, was ich dir sage, dann geschieht dir nichts.»

Ein lautloser Blitz scheint den Himmel ebenso wie ihre Gefühle in zwei Hälften zu spalten. Sie ist zwar freudig erregt darüber, dass Mark mit seinen Präsentationen schon so früh fertig geworden und in der Stimmung für ein Spielchen ist, aber ein kleiner, ängstlicher Teil in ihr fragt sich, warum sie seinen Wagen nicht in der Einfahrt sehen kann, und vor allem, warum sie seinen Schlüssel nicht im Schloss gehört hat – ein Geräusch, das sie immer registriert, ebenso unfehlbar wie Merlin den elektrischen Dosenöffner.

«Haben wir uns verstanden?», fragt er in ausdruckslosem Flüsterton nach.

Sie nickt einmal.

Er hebt die Hand, doch bevor sie sich umdrehen und ihm ins Gesicht sehen kann, wird es rabenschwarz um sie, als sich ein kühles Tuch über ihre Augen legt. Rasch bindet er es hinter ihrem Kopf zusammen, bevor er ihre Handgelenke in ihrem Schoß mit Gewalt aneinanderdrückt und mit einem anderen Tuch zusammenbindet.

Sie will die Stimmung nicht verderben, kann sich aber die Frage nicht verkneifen: «Mark, bist du das?»

«Steh auf.»

Sie gehorcht ihm, obwohl sie plötzlich den verzweifelten Wunsch verspürt, sich selbst zu beweisen, dass dieser Mann tatsächlich ihr Mann ist, damit sie das Spiel auch wirklich genießen kann. Doch gefesselt und mit verbundenen Augen kann sie keinen klaren Gedanken fassen, während der Donner sich auf nervtötende Weise mit dem Pochen ihres Herzens vermischt. Sie spürt schmerzhaft die behandschuhte Hand auf ihrem Arm und hat das Gefühl, dass er sie auf die Fenster und einen Holztisch zuschiebt.

«Mark, bitte sag mir, dass du es bist», bettelt sie leise und schreit dann erschrocken auf, als seine einzige Antwort ein krachendes Geräusch ist. Sie kann einfach nicht glauben, dass er absichtlich eine teure Vase zerschlägt, nur um ihr Angst zu machen, und fragt sich schon, wie gut sie ihren Gatten eigentlich kennt.

«Nicht schreien, hab ich gesagt.» Auf ein gedämpfteres Klirren folgt ein zartes splitterndes Geräusch, das ihr klarmacht, dass die Lampe heruntergefallen ist. «Willst du mir wehtun?» Er presst sie gegen den Rand des Tisches, drückt sie nach unten und schiebt ihre Beine auseinander.

Das Prasseln des Regens gegen die Fensterscheibe hinter ihr weckt in ihr komischerweise die Vorstellung einer Unmenge kleiner Füße, die vor den ernsthaften Schwierigkeiten davonlaufen, in denen sie steckt. In dem dringenden Bedürfnis, sich zu vergewissern, greift sie nach oben, um sein Gesicht zu fühlen, doch da er ihre Hände mit den Handflächen nach außen zusammengebunden hat, ist das unmöglich.

Er zwingt ihre Hände über ihren Kopf und streicht dann grob über ihre von einem kurzen Hauskleid bedeckten Brüste. Dann rafft er es hoch um ihren Hals, bevor er ihr rasch das Höschen herunterzieht, aber sie hört kein reißendes Geräusch, und die Bewegung geht viel zu reibungslos vor sich … die kalte Klinge gleitet langsam über die Haut an der Innenseite ihrer Schenkel, erst über den einen, dann über den anderen, als genieße sie ihre Zartheit. Tränen treten ihr in die geschlossenen Augen, während ihr Bewusstsein unter einem Ansturm puren Entsetzens wie eine fast schon erloschene Flamme nur noch durch den geheimnisvollen Docht ihres Rückgrats am Erlöschen gehindert wird.

«Hab keine Angst …», flüstert er in derselben anonymen, gehauchten Stimme und drückt ihr dann überraschend das Heft des Messers in die Hände. «Nimm es.»

Sie umklammert die Waffe, bevor ihr klar wird, dass sie nutzlos ist, da sie nicht mit Sicherheit sagen kann, ob es nicht vielleicht doch Marks Hände sind, die da in ledernen Handschuhen gierig ihre Brüste kneten.

«Ich möchte, dass du das fühlst.» Er schnappt sich das Messer wieder und legt ihr einen Moment lang ein kühles, ringförmiges Stück Plastik in die Handfläche.

Mark würde bei ihr nie freiwillig ein Kondom benutzen, er hasst die Dinger, und sie stöhnt auf, wie betäubt von der Erkenntnis, dass die finstere Macht zwischen ihren Beinen einem Fremden gehört.

Er packt sie in den Kniekehlen, ohne dass sie durch die anonymen Lederhandschuhe Marks liebevolle Berührung erkennen könnte. Er fühlt sich so groß an wie ihr Geliebter und so stark wie so viele Männer, aber seine köstliche Grobheit will so gar nicht zu ihm passen. Er hebt ihre Beine an und schlingt sie um sich, und die kühle, trockene Luft im Raum macht ihr umso intensiver bewusst, wie warm und feucht ihre Schamlippen sind. Sie kann absolut nichts sehen, während er absolut alles von ihr sehen und genießen kann.

Sie schnappt nach Luft, als sie die elektrisierende Berührung eines steifen Schwanzes spürt, dessen Spitze gegen den Eingang ihrer Muschi drückt. Angst und Schuldgefühle sagen ihr, dass sie fürchten muss, von einem wildfremden Mann penetriert zu werden, doch ihr schwaches Fleisch verleugnet ihre Seele, indem es genau diese Erfahrung herbeisehnt … sie ist entsetzt von der Möglichkeit, jeden Augenblick vergewaltigt zu werden, aber in Wahrheit fürchtet sie sich noch mehr davor, von seiner Erektion enttäuscht zu werden und feststellen zu müssen, dass sie nicht groß und hart und verheerend genug sein könnte, um sie zu erlösen.

«Willst du es?», fragt er leise. «Willst du meinen dicken Schwanz in dir haben?»

«Nein, bitte … Mark?»

Sie schreit auf, als sein Schwanz sie ruckartig öffnet. Sie redet sich ein, dass das Glied ihres Mannes sie durchbohrt, obwohl sie nicht sicher sein kann, ihn an seiner Länge und Dicke zu erkennen, zumal der Gummi ihr Fleisch von seinem trennt. Die Lust, die sie empfindet, ist schockierend, unverzeihlich und unbestreitbar. Er drückt ihre Beine zusammen und lehnt einen Teil seines Körpers gegen sie, um sie noch weiter zu öffnen. Mark hat sie noch nie so hart genommen, nicht mit einer so merkwürdig reinen Gewalttätigkeit, und die pulsierende Energie seiner Hüften wird von keinerlei Rücksicht auf ihre Bequemlichkeit oder auf die subtileren Bedürfnisse ihrer Klitoris gemildert. Sie kennt nicht einmal seinen Namen, und doch kann ihre Muschi nicht umhin, sich an ihn zu klammern und sich bei seinen Stößen abwechselnd anzuspannen und zu entspannen, während sie in einem Augenblick weiß, dass es ihr Mann ist, und im nächsten ganz sicher ist, dass sie keine Ahnung hat, um wen es sich bei dem Mann handelt, der sie da vögelt.

«Gefällt dir das?», zischt er.

«Nein!»

«O doch, es gefällt dir, ich spüre doch, wie sehr du das magst!»

«O Gott …» Ist es ihr Geliebter, weiß er, dass er ihr Freude bereitet. Ist es ein Fremder, kann sie sagen, was sie will; sie kann sich zu ihren finstersten, politisch kein bisschen korrekten Sehnsüchten bekennen, als würde seine unsichtbare Macht nicht zu einem Menschen aus Fleisch und Blut gehören, sondern zu einem auf unheimliche Weise potenten Mann, den ihre geheimsten Phantasien heraufbeschworen haben. «Oh, ja …», haucht sie und gibt sich seiner überwältigenden Kraft hin. «Fick mich … fick mich!»

«Du bist ja so was von verdorben!» Er rammt die Worte in sie wie einen Dolch. «Ein durch und durch verdorbenes Mädchen!», wiederholt er, nun nicht mehr im Flüsterton. «Du hast dich nicht einmal gewehrt!»

«Nein, Mark, ich weiß doch, dass –»

«Lüg mich nicht an! Du warst dir nicht sicher, dass ich es war.» Plötzlich fühlt sie die scharfe Schneide des Messers an ihrer Kehle. «Komm schon, Sheryl, gib zu, dass du dir nicht sicher warst.»

«Ich war mir sicher, Mark!», stößt sie hervor. «Ich war mir ganz sicher, dass du es nicht sein konntest!»

«Mein Gott …», stöhnt er. «Du Hure …»

Als er mit ihr fertig ist, zieht er die Augenbinde und den Gummi ab und hilft ihr mit einer angewiderten Grimasse sanft auf die Beine, damit er ihr auch das Tuch um die Handgelenke abnehmen kann.

«Als ich das Kondom spürte, hatte ich wirklich Angst, dass du es nicht sein könntest», gestand sie, an ihn geklammert.

«Aber offensichtlich hat es dir gleichzeitig die Angst

genommen, dir etwas einzufangen, und dir somit geholfen, dich zu entspannen.»

«Versuch jetzt bloß nicht, mir ein schlechtes Gewissen einzureden, Mark, bitte. Ich hatte keine Chance, dich daran zu hindern, und das weißt du auch.»

«Und genau das hat dir gefallen.»

«Ja … aber nur, weil ich dich liebe …»

«Miau!»

«Hast du das gehört?», fragt Mark. «Wie erklärst du dir dieses kleine Paradoxon, Merlin? Ein wildfremder Mann bricht in unser Haus ein, fesselt sie und droht, ihr wehzutun, und sie bittet ihn, sie zu ficken, weil sie mich liebt.»

«Miau?»

«Oh, tut mir leid, ich hatte ganz vergessen, dass du kastriert bist.»

Milagro

Copan, Honduras 1983

Bei Reisen in ein Land der Dritten Welt ist dein amerikanischer Pass kaum weniger wert als das ganze Gold der Pharaonen oder der Mayas oder welcher alten Kultur auch immer, die dich in dieses Land gezogen hat. So zumindest empfindet es Margaret Jones, als sie an einem heißen, feuchten Nachmittag in Honduras aus einem Flugzeug steigt. Sie öffnet den Reißverschluss ihrer Brieftasche und vergewissert sich, dass das dünne blaue Büchlein auch tatsächlich sicher neben ihrem Rückflugticket verstaut ist – zwei Flügel aus Papier, die ihr die Macht verleihen, sich einfach über das Elend zu erheben, das sie vom Flugzeug aus gesehen hat und von dem sie nun umgeben ist. Doch selbst wenn sie ihre Brieftasche verlieren sollte (bloß das nicht!), bleibt ihr der Trost, dass ihr Vater für die US-Regierung arbeitet – womit sie in einer besseren Position ist als jede Königstochter im Mittelalter. Sie geht davon aus, dass er in dem kleinen einstöckigen Gebäude auf sie wartet, das zum zweitgrößten Flughafen des Landes gehört.

Margaret ist neunzehn Jahre alt und, ihrer eigenen, ungeduldigen Einschätzung nach, eine in jeder Hinsicht reife und zu allem bereite Frau. Das Abenteuer ihres Lebens liegt noch vor ihr, auch wenn es schon jetzt beruhigend fest umrissen ist. Sie genießt den Halt, den die westliche Kultur ihr gibt. Nachdem sie von frühester Kindheit an Bücher geradezu verschlungen hat, kennt sie all die Künstler und Philosophen, die ihre Seele erforscht und kartographiert haben und ihr als tröstende Wegweiser dienen, während sie sich darauf vorbereitet, ihrer eigenen, noch im Dunkeln liegenden Richtung zu folgen. Sie ist im zweiten Semester am College mit Geschichte als Haupt- und Literatur als Nebenfach.

★★★

Milagro Ortez steht im Schatten einer offenen Tür und beobachtet die Menschen, die auf der gepflasterten Straße an ihr vorübergehen.

Copan ist voll von Ausländern. Hoch oben in den Bergen gelegen und nur über eine schmale, extrem kurvige und von Erdrutschen bedrohte Straße erreichbar, stellt der Ort ein wahres Schatzkästchen dar, das von Kulturen nur so überquillt. Hauptgrund für den Ansturm von Fremden sind die prächtigen Maya-Ruinen. Milagro ist schon seit frühester Kindheit von Archäologen umgeben, deren Zahl sich in jüngster Zeit noch einmal fast verdoppelt hat, als eine ganze unterirdische Stadt entdeckt wurde. Durch das netzartige Gitter verschlossener Tore erhaschten sie und ihre Freundinnen immer wieder Blicke auf ernsthafte, mondblasse Gesichter in der dunklen Erde. Dass sie selbst ein Nachfahre der Mayas ist, spielt keine Rolle. Oft genug hat man sie gewarnt vor den Orten, an denen die Gringos den ganzen Tag damit zubringen, Löcher in die Erde zu buddeln, aus denen ihre Gesichter dann ebenso weiß hervorblicken wie die der Geister, die aufzuschrecken sie keinerlei Hemmungen haben. Und sie verfolgen Milagro in ihren Träumen – die Gringos, nicht die Geister ihrer Ahnen. Wenn sie abends schlafen geht, denkt sie über sie nach. Sie ist fasziniert von der Art und Weise, wie bei ihnen die Frauen dieselbe Arbeit verrichten wie die Männer und sich dann alle hinterher in ihrem Stammlokal treffen. Diese weißen Frauen bleiben nicht zu Hause, um sich um die Kinder zu kümmern, Wäsche zu waschen, den Brotteig zu kneten oder die Bohnen einzuweichen.

Milagro kann sich beim besten Willen nicht vorstellen, was diese Fremden den ganzen Tag tief in der Erde tun. Ihr Bruder behauptet, sie würden mit winzigen Bürsten den Staub von den Gesichtern von Toten entfernen. Er wurde als Hilfskraft für die Ausgrabungen eingestellt und schuftet jetzt mit Pickeln und Schaufeln schwitzend und lachend in der brennenden Sonne, während die großen, coolen Archäologen sich ruhig miteinander unterhalten, um sich im nächsten Augenblick wieder in die Unterwelt zurückzuziehen, von der sie auf- und untergehen wie Monde.

Milagro ist sechzehn Jahre alt. Sie hilft ihrer Mutter

bei der Hausarbeit und in ihrem kleinen Lebensmittelladen im vorderen Teil des Hauses. Das wenige, was sie an Schulbildung erhalten hat – sie kann gerade halbwegs lesen und schreiben –, ist für sie nur noch eine ferne Erinnerung. Für ein Mädchen aus ihrem Volk ist sie außergewöhnlich groß, und aufgrund ihres perfekten Knochenbaus wirkt ihre Schlankheit eher wie die Folge einer bewussten, ästhetischen Entscheidung und ganz und gar nicht wie das Ergebnis von Mangelernährung. Ihr schwarzes Haar leuchtet wie der Sternenhimmel bei Nacht und fällt ihr bis auf die Taille.

★★★

Margaret streicht sich das kurze braune Haar aus dem Gesicht und seufzt. Zusammen mit ihrem Vater und dessen dritter Frau Elaine befindet sie sich auf der nur quälend langsam zu befahrenden Straße durch die Berge hoch nach Copan. Alle ein oder zwei Kilometer treffen sie auf eine Gruppe von Kindern, die Stöcke und Schaufeln schwingen und den Eindruck erwecken, als würden sie den in einem katastrophalen Zustand befindlichen Straßenbelag durch das Auffüllen von Schlaglöchern verbessern, um anschließend die Arme durch die offenen Fenster des Fahrzeugs zu stecken und sich ihre Belohnung abzuholen. Mit großmütigem Gehabe, aber durchaus sparsam verteilen ihr Vater und ihre Stiefmutter die leichten honduranischen Münzen, und das strahlende Lächeln schwindet von den Gesichtern, als dunkle Köpfe sich zu ihnen hinabbeugen, um ihre Beute zählen.

Zumindest die Landschaft ist sehenswert. Zu ihrer Linken erstrecken sich unter wie über ihnen üppig grüne Wälder und Tabakfelder, so weit das Auge reicht, während nur wenige Meter rechts von ihnen schmutzig braune Steilhänge drohend über die Straße ragen. Der Vater erzählt ihr beiläufig, dass diese Hänge sich in der Regenzeit oft in tödliche Schlammlawinen verwandeln, und Margaret versucht gar nicht erst, darüber nachzudenken, wie leicht ihr Auto vom Straßenrand in einen grünen Abgrund stürzen könnte. Jedenfalls wird sie heilfroh sein, wenn sie endlich am Ziel sind. Von den kurvenreichen Bergstraßen ist ihr in den vergangenen zwei Tagen, seit sie Tegucigalpa verlassen haben, immer wieder übel geworden.

Als sie dann endlich in Copan eintreffen, kommt es ihr vor wie eine Zeitreise in die Vergangenheit. Eine Frau wäscht sich das Haar in einem breiten Bach, während sie eine Brücke überqueren, nach der sie durch eine überraschend saubere, von malerischen weißgetünchten Häusern mit farbenprächtigem Holzwerk gesäumte Straße fahren. Es ist bei weitem die schönste Ortschaft, durch die sie bislang gekommen sind, und auch die Fassade des Hotels, vor dem sie anhalten, sieht durchaus vielversprechend aus. Die Hitze, ihre Übelkeit, das Fehlen von Toiletten an der Straße und die Tatsache, dass sie gezwungen ist, anstelle des hiesigen Wassers Limonade oder Bier zu trinken, haben zu ernsthaften Unstimmigkeiten zwischen Margarets Phantasie und ihrem Körper geführt, der, wie sie hatte feststellen müssen, sich um nichts schert außer um sein eigenes Wohl, wo immer sie sich auch aufhält.

Mit ungeheurer Erleichterung stellt sie ihre schweren Reisetaschen in einem spartanisch eingerichteten, aber sauberen Raum ab. Die Klimaanlage ist zwar museumsreif, erwacht aber dennoch röhrend zum Leben und beginnt glücklicherweise, sie zurück in die Eiszeit zu verfrachten. So dankbar ist sie dafür, dass sie beinahe über das Nichtvorhandensein heißen Wassers oder den fehlenden Wasserdruck hinwegsieht. Die Dusche beschränkt sich auf ein kaltes Getröpfel, unter dem sie eine halbe Ewigkeit braucht, um sich das Shampoo aus dem Haar zu spülen, während sie von der herrlichen warmen Dusche träumt, die sie sich nach ihrer Rückkehr in die wirkliche Welt bei sich zu Hause gönnen wird.

***

Milagros Mutter wird nicht müde, sie vor den weißen Männern zu warnen. «Sich in einen von ihnen zu verlieben wäre ebenso verrückt wie zu versuchen, auf einem Mondstrahl spazieren zu gehen.» Milagro liebt den silbrigen Pfad des Lichts auf dem Wasser, der zu einem verzauberten Land zu führen scheint, auch wenn ihr sehr wohl klar ist, dass der Versuch, diesen Weg zu gehen, unweigerlich in ihrem Ertrinken münden würde. Viele der großgewachsenen Männer aus dem Norden haben Augen in der Farbe von Wasser, das in der Sonne schimmert, und sie fragt sich, was ihnen wohl durch den Kopf gehen würde, wenn es ihr gelänge, für mehr als nur einen kurzen Augenblick ihre Aufmerksamkeit auf sich zu lenken. Ihre Sehnsucht danach, dass sie endlich Notiz von ihr nehmen, erreicht fast schon schmerzhafte Ausmaße. Ihr ist, als leide sie unter einer Krankheit, die ihre eigenen Landsleute nicht zu heilen vermögen. Die blaugrauen Augen dieser fremdländischen Archäologen haben von der Welt so viel gesehen wie der Himmel über ihr, und Milagro beschleicht mehr und mehr das Gefühl, nicht wirklich am Leben zu sein, weil dieselben Augen *sie* niemals wahrnehmen.

Endlich kommt das rote Kleid an, das sie aus dem Katalog bestellt hat. Ihre Mutter erhebt Einwände gegen seine Farbe und bekreuzigt sich, als sie sieht, wie knapp es geschnitten ist, aber Milagro ist fasziniert von der Tatsache, dass es ihr besser passt als je ein selbstgefertigtes Kleid zuvor. Ihr ist, als bezahle sie nicht für das, was sie tatsächlich an Material bekommt, sondern für das, was davon weggeschnitten wurde, um ihr wahres Ich zu enthüllen.

In jener Nacht drehen sich die einheimischen Jungs schon häufiger nach ihr um. Ihre Freundinnen jedoch zeigen keinerlei Interesse, sich in die Nähe der Bar zu begeben, wo die Gringos herumhängen und trinken und diese laute, hämmernde Musik ohne echten Rhythmus hören, und wenn sie tanzen, dann verstehen sie darunter, sich aneinanderzuklammern und zu reden. Immer müssen sie reden, die Männer wie die Frauen. Auch Milagros Freundinnen wurden wiederholt aufgefordert, den weißen Männern aus dem Weg zu gehen, aber ihnen fällt es leichter, weil sie nicht wie Milagro besessen sind von diesen unermüdlichen Buddlern, die den ganzen Tag im Dreck verbringen und dann die halbe Nacht aufbleiben und einfach nur reden.

★★★

Später am Abend setzt Milagro sich von den anderen ab. Eine Gruppe junger Männer trottet hinter ihr her und überhäuft sie mit Komplimenten und Beleidigungen. Es ist wie ein Hagel von Steinen, vermischt mit Blumen; ihnen gefällt zwar, wie sie heute Abend aussieht, aber respektieren können sie sie dafür nicht. Als sie auf die Straße einbiegt, die den Gringos «gehört», bleiben sie zurück, und bald ist es hinter ihr still.

Verlegen wie ein neugeborenes Kalb, das erst noch lernen muss, auf seinen langen Beinen zu gehen, stakst sie in den roten, hochhackigen Schuhen, die sie zusammen mit dem Kleid bestellt hat, den steilen Berg hinauf. Allein und in der Dunkelheit macht es sie nun doch nervös, dass sie sich für die Farbe des Teufels entschieden hat, und ihre durchgetretenen Fußsohlen beginnen zu brennen, als stünde sie schon mit beiden Füßen in der Hölle, weil jeder Schritt sie der Sünde des Ungehorsams ihrer Mutter gegenüber ein Stück näher bringt.

Beschämt über sich selbst, schlingt Milagro in der kühlen Märznacht die Arme um den Körper, als sie vor der Bar der Gringos stehen bleibt. Dann aber vergisst sie ihre Angst, als das tiefe Wummern ihrer Musik sie umfängt und mit einem merkwürdigen Gefühl von Stärke erfüllt. Statt sich in einer dunklen Ecke zu verdrücken, wie ein Teil von ihr es will, stellt sie sich mitten auf die Straße und starrt mit hungrigen Augen ins rauchige Licht der Bar.

Lewis kommt aus der Bar auf die Straße, während sein Freund John sich noch einmal umdreht, um auf eine Frage zu antworten, die jemand ihm nachgerufen hat. Lewis bleibt stehen, um auf ihn zu warten, und blickt zu dem in Rot und Gold gehaltenen Schild des Restaurants *Llama Del Bosque* (Flamme des Waldes) hinüber, das oben am Berg vor dem dunklen Horizont hängt wie eine permanent untergehende, von schwarzen Graffiti bedeckte Sonne.

Aus der offenen Tür dringt Musik, die Milagros Herz auf die angenehmste Weise in den sternenübersäten Himmel hebt, als der Blick des Mannes auf sie fällt.

John, der wieder aus der Bar kommt, bemerkt das

Mädchen auf der Straße sofort. Sie sieht jung genug aus, um gefährlich zu sein, und gut genug, um sie zu vernaschen – in jedem Fall anders als das, was diese Gegend sonst zu bieten hat.

«Was für eine Verschwendung», murmelt er und macht sich mit einem vielsagenden Blick auf Lewis allein auf den Weg nach unten.

Milagro hält den Atem an. Es ist zu dunkel, um die Farbe seiner Augen zu erkennen, aber sie *weiß*, dass sie blau sind und das, was ihre Mutter über weiße Männer und Mondlicht sagte, wahr ist, weil sie schon jetzt das Gefühl hat, in ihnen zu ertrinken. Sie hat keine Ahnung, wie sie ihre Arme und Beine einsetzen muss, um von diesem Mann wegzuschwimmen oder wegzulaufen. Sie hat ihm noch nie Auge in Auge gegenübergestanden, und er ist so groß, dass die Strahlen der Sonne sich unter sein Haar mischen.

«*Hola.*» Seine ruhige Stimme überbrückt den Raum zwischen ihnen, als er sich ihr nähert.

«*Hola*», haucht sie, gelähmt von ihrem gänzlich neuen Selbstbewusstsein unter seinem wohlwollenden Blick, unter dem sie sich so kostbar wie eine Maya-Statue vorkommt und ebenso unfähig, sich zu bewegen.

Er streicht ihr sanft mit den Fingerspitzen über einen ihrer hohen Wangenknochen. «Wie heißt du, Süße?»

«Milagro», antwortet sie atemlos.

«Milagro …», flüstert er. «Willst du *mein* Wunder sein?»

Sie nickt, und dass sie kein Wort von dem versteht, was er sagt, ist ihr egal.

***

Mit diesem gutaussehenden Mann aus einer anderen, weitaus reicheren Welt als der ihren allein zu sein hätte sich eigentlich anfühlen sollen, als wäre ein Traum wahr geworden; stattdessen aber erscheint ihr alles noch viel wirklicher als je zuvor. Ihre Tagträume reichten nie über den Punkt hinaus, an dem seine Augen ihre Gegenwart in der Welt wahrnahmen, nie über den Augenblick, in dem er ihre Schönheit auf sie reflektierte, wie es keiner der einheimischen Männer je vermocht hätte. Was danach geschehen würde, war in ihrer Phantasie immer nur eine leuchtende Wolke vager Gefühle gewesen. Die unbequeme Realität seines Jeeps hat sie sich nie bildhaft vor Augen geführt. Während er sie anschnallt, bleibt ihr für einen Augenblick das Herz stehen, als er ihr für Sekundenbruchteile sehr nahe kommt. Sie glaubt, ihn erneut ihren Namen flüstern zu hören – «Milagro …» –, aber so leise, dass die Silben ihrer Identität sich in ihrem Haar verfangen und verlieren, als würde sie sich seine Stimme nur einbilden. Als er die Tür zuschlägt und um den Wagen herum zum Fahrersitz geht, spürt sie die Erschütterung tief in ihrem Körper – ein so warmes und angenehmes Gefühl, dass es ihre Fähigkeit zu denken noch mehr beeinträchtigt. Als er den

Platz hinter dem Steuerrad einnimmt, starrt sie ihn mit weit aufgerissenen Augen an, aus denen undefinierbare Gefühle sprechen, weil er sie zwar noch kaum berührt, aber irgendwie trotzdem bereits verwundet hat.

«Milagro ... was für ein schöner Name.» Er lächelt sie an, während er die Gangschaltung mit einer Selbstsicherheit handhabt, die tief in ihrem Becken ihren Widerhall findet. «Und du bist tatsächlich auf wunderbare Weise schön.»

Sein Tonfall hilft ihr dabei, sich auf dem harten Sitz zu entspannen. Früher einmal hatte ihr Onkel so auf eine streunende Katze eingeredet, bevor er sie zu sich aufnahm. Sie klammert sich am Armaturenbrett fest, als der Jeep auf der dunklen, holprigen Straße beschleunigt.

«Du sprichst kein Wort Englisch, was, Baby?»

«Sehr wenig», antwortet sie, weil sie will, dass er stolz auf sie ist.

«Macht nichts», meint er lächelnd und konzentriert sich auf die Scheinwerfer, deren Licht Schneisen in den Dschungel schlägt. «Wir müssen auch nicht reden.»

Sie fragt sich, wo sie wohl hinfahren, denkt aber nicht groß darüber nach, denn es spielt letztlich keine Rolle. Er strahlt eine Art von Zielstrebigkeit aus, die ihre Seele auf geheimnisvolle Weise besänftigt – so als würde jedes Mal, wenn er sie ansieht, eine unsichtbare, göttliche Hand sie von innen nach außen streicheln. Sie weigert sich einfach, an den Teufel und seine vermeintlichen Kräfte zu denken. In ihrer positiven Grundeinstellung ist für so etwas kein Platz. Ihr genügt es vollkommen, dass er weiß, wohin sie fahren. Nun, da sie bekommen wird, wonach sie sich schon so lange sehnt, fällt es ihr leicht zu glauben, dass diese Nacht etwas ganz Besonderes ist und womöglich nie zu Ende gehen wird – ein Gefühl, das Bedenken bezüglich des Ziels ihrer Fahrt aus ihrer Sicht beinahe wie einen Mangel an Dankbarkeit erscheinen ließe angesichts der Tatsache, welch ungeheures Glück sie hat, in Gesellschaft dieses außergewöhnlichen Mannes sein zu dürfen. Sie kann ihn zwar nicht richtig sehen, weil es in dem dahinholpernden Fahrzeug einfach zu dunkel ist, doch die Art, wie sein Haar leuchtet, beruhigt sie. Ein derart großer Mann kann mit allem Selbstvertrauen dieser Welt auf unsichtbare Feinde zuschreiten, bewaffnet lediglich mit der gleichermaßen unsichtbaren Machete seiner Willenskraft. Der Kopf ihres Bruders reicht kaum bis zu den breiten Schultern dieses Gringos, die in ihren Augen aussehen, als könnten sie das Gewicht der ganzen Welt tragen.

Als sie vor dem Eintrittskarten-Kiosk anhalten, von dem der Weg zum Tempel führt, ist Milagro keineswegs überrascht. Sie weiß ja, dass er hier seine Tage verbringt und diesen Ort ganz besonders liebt. Doch als er ihr Knie streichelt, wird der brennende Schmerz, den sie unmittelbar oberhalb der unerforschten Stelle zwischen ihren Schenkeln empfindet, durch einen

Anflug von Beklemmung noch weiter verschärft. Ihr Respekt vor ihren Ahnen ist seit jeher mit einer Spur von Angst durchsetzt, und nachdem er den Motor abgestellt hat, ist das Schweigen um sie herum so absolut, dass sie erst einmal den Atem anhält. Sie fühlt sich in dieser Nacht so ungeheuer lebendig, dass sie fürchtet, alle möglichen Geister in den Ruinen neidisch zu machen auf ihr lebendes, pochendes Herz.

«Was hältst du von einem kleinen Spaziergang im Mondlicht, Milagro?»

Sie blickt ihn stumm an und wünscht, sie könnte seine Augen sehen.

«Na komm.» Er springt aus dem Jeep, und sie hält unbewusst weiter den Atem an, während er um das Fahrzeug herum zu ihrer Tür geht. Er öffnet sie, und sie schließt die Augen, als er sich zu ihr herüberbeugt, doch diesmal flüstert er nicht ihren Namen, als er sie von dem Gurt befreit, der gegen die harten Spitzen ihrer Brüste drückt. Dann fasst er sie um die Taille, und sie muss wohl oder übel die Augen öffnen, um sich an seine göttlichen Schultern zu klammern, als er sie aus dem Beifahrersitz hebt und auf dem Boden absetzt. Ihre unmögliche Nähe zu ihm verunsichert sie so sehr, dass sie in ihren hochhackigen Schuhen ins Stolpern gerät, als er sie loslässt und sich kurz abwendet, um die Tür zu schließen. «Nicht so hastig, Kleine.» Er hält sie fest, und sie traut ihren Augen nicht, als er vor ihr die Knie beugt und sie sich dabei so kostbar vorkommt wie die Statue eines Heiligen in der Kirche. Und die teuflische Natur ihrer Schuhe bestätigt sich, als er sie ihr auszieht.

«Die trage ich wohl besser für dich», meint er, hoch über ihr aufragend. «Ich hoffe, es macht dir nichts aus, barfuß zu gehen.»

Sie versteht kein Wort von dem, was er sagt, doch das wortlose Statement, das er abgibt, indem er seine Finger zwischen die ihren schiebt, sagt ihr genug. Willig lässt sie sich von ihm über den von Bäumen gesäumten Weg in den Tempel von Copan führen.

Der zu drei Vierteln volle Mond steht unmittelbar über den Bäumen. Milagro ist es gewohnt, barfuß zu gehen, und so ist es nicht etwa der holprige Boden unter ihren Füßen, der ihr Sorgen bereitet, und schon gar nicht der besitzergreifende Händedruck dieses Traummannes. Aber je näher sie den Ruinen kommen, desto unruhiger wird sie. Ihre mächtigen Vorfahren waren auch unvorstellbar grausam und kein bisschen von Christi Liebe und Gnade beleckt, sodass ein paar im Wind raschelnde Blätter leicht wie warnendes Geflüster klingen, das sie drängt, kehrtzumachen und nach Hause zu ihrer Mami zu rennen, die immer recht hat und ihr ihren Ungehorsam verzeihen wird, weil sie sie liebt und immer lieben wird, was auch immer geschehen mag … und dann beschreibt der Pfad eine Kurve, und plötzlich liegen die Tempelanlagen vor ihnen. Auf dem sauber gemähten Gras des antiken Spielfelds erheben sich steinerne Stufen zum Mond, doch er wendet sich von ihnen ab und steuert geradewegs auf den Opferaltar zu. Wie jedes Kind aus ihrem Ort war auch Milagro der morbiden Faszination des kreisrunden Steines erlegen, auf dem einst Jahr für Jahr der Sieger der heiligen Spiele geopfert worden war. Sie fand es schrecklich, dass der Sieger mit dem Tode belohnt wurde. Ihre christliche Seele schreckte zurück vor dem Gedanken, dass es derart grausame Götter gegeben haben soll, die ausgerechnet nach dem Blut des Stärksten und Besten ihrer Untertanen dürsteten. Und sie hatte nie recht verstanden, wie es sich anfühlen mochte, bei einem Spiel der Beste sein und seine Konkurrenten übertreffen zu wollen, wenn man die ganze Zeit über wusste, dass man als Sieger dem Tod geweiht war.

«Nein», sagte sie laut, noch immer über diesem Paradoxon grübelnd.

«Ist ja schon gut.» Ihr Begleiter drückt ihre Hand. «Du brauchst keine Angst zu haben. Hier draußen ist nichts, was du fürchten müsstest, glaub mir.»

Der Opferaltar ist im Mondlicht deutlich zu erkennen. Geformt ist er wie ein großes Ei, umgeben von einer schmalen Steinrinne, die dem Zweck diente, das Blut vom Herzen des Opfers aufzufangen. Um den Altar sind kurze Holzpfähle in den Boden gerammt, zwischen denen ein dünner Metalldraht gespannt ist, um die Touristen von dem vom Zahn der Zeit angenagten Artefakt fernzuhalten. Sie erinnert sich noch deutlich an das erste Mal, als sie den Kanal zu Gesicht bekam, durch den das Blut geflossen war, nachdem man dem unglücklichen Athleten die Kehle durchgeschnitten hatte, sowie daran, dass ihr der poröse Stein noch immer vom Lebenselixier seiner Opfer befleckt schien. Der schlanke, muskulöse Körper des Siegers wurde über die gebogene Oberfläche gelegt, bevor man Arme und Beine in alle Richtungen streckte und dann … doch darüber will sie lieber nicht nachdenken.

«Nein!», stößt sie noch ängstlicher hervor, als ihr fremdländischer Freund wie selbstverständlich über den Draht steigt, den verbotenen Raum um den Altar betritt und von ihr ganz offenbar erwartet, dass sie ihm folgt.

«Hab keine Angst», wiederholt er, wenn auch nun mit leicht verändertem Tonfall. Er klingt schon nicht mehr ganz so geduldig, als er an ihrer Hand zerrt und sie zwingt, die symbolische Absperrung zu überschreiten.

Alles, was danach geschieht, ist so schockierend kalt und hart und schmerzhaft heiß zugleich, dass ihre Gedanken in dieser Erfahrung zu ertrinken scheinen wie Schwimmer in einem Sturm der Gefühle. Erst wird ihr das Kleid über den Kopf gezogen und dann auch noch ihr abgetragenes weißes Baumwollhöschen mühelos vom Körper gerissen.

«*Ay, Dios mio!*», keucht sie, gezwungen, sich an ihn zu klammern, um das Gleichgewicht wiederzufinden. Ihr bleibt kaum genug Zeit, um sich darüber klarzuwerden, dass sie splitternackt mitten in einem heidnischen Tempel steht, bevor er ihren Rücken über den Altar beugt. Die Oberfläche fühlt sich rau an auf ihrer Haut, während sich ihr Rückgrat unterwürfig an den gerundeten Stein schmiegt und ihre Zehenspitzen gerade noch den Boden berühren. Sie breitet die Arme aus und klammert sich verzweifelt am unnachgiebigen Stein unter ihr fest, als er ihre schlanken Beine anhebt und spreizt. Sie sieht nur die Sterne über sich, und plötzlich kommt es ihr vor, als stürzten sie zur Erde und verglühten am Eingang ihres Fleisches unmittelbar zwischen ihren Beinen. So heftig ist der Schmerz, dass er das ganze pulsierende Universum zu erfüllen scheint, doch ihre Seele erscheint ihr gänzlich losgelöst vom Elend ihres Körpers und auf geheimnisvolle Weise triumphierend. Sie hat alles getan, was in ihrer Macht stand, um den großen, starken Mann für sich zu gewinnen, indem sie ihm ihre Jungfräulichkeit opferte, und jetzt fließt ihr stolzes Blut und stillt den Hunger von Göttern, an die sie nicht glaubt, die aber offenbar noch immer an sie glauben und sie brauchen … sie spürt, wie ihre ewige, selbstsüchtige Macht in ihren Körper strömt und von ihr Besitz ergreift, wie sie gewaltsam ihr Fleisch zu ihrem eigenen, schrecklichen Vergnügen benutzen, während sich die Finger des Archäologen in sie bohren und ihr zartes Fleisch gnadenlos offen halten.

«*Ay, Dios mio! Dios mio!*», haucht sie wie im Gebet, weil sie das Gefühl hat, als würde er sie töten … doch ihr Herz schlägt schneller und schneller unter ihren bebenden kleinen Brüsten, während er tiefer und tiefer in sie stößt.

★★★

«Ich kann es einfach nicht glauben, Dad», jammert Margaret, den Tränen nahe. «Ich war hin und weg, als ich diese Flasche *Bombay Sapphire* sah. Dann habe ich einen Gin *Tonic* bestellt. Ich habe mich klar und eindeutig ausgedrückt. ‹*Tonic* Water›, habe ich mindestens dreimal zu ihr gesagt. Eindeutiger geht's nun wirklich nicht. Aber nein, was gibt sie mir? Einen beschissenen Gin mit Perrier.» Sie starrt wütend auf ihr Glas und betrauert den barbarischen Mord an einem großen Geist.

«Jetzt mach mal halblang.» Ihr Vater zieht an seiner Pfeife, amüsiert und besorgt zugleich, wenn auch beides nicht allzu sehr. «Wer hat dir überhaupt beigebracht, *Bombay Sapphire* zu trinken? Lernt man das heute am College?»

«Das ist der beste Gin der Welt», erklärt Margaret mit einem wütenden Blick auf die kleine Frau hinter der Bar.

«Dann trink ihn doch.»

«Ich trinke *keinen* Gin mit Perrier.» Sie schiebt ihr Glas weg. «Als ob es nicht schon schlimm genug wäre, dass sie in diesem Land keinen anständigen Wein haben.»

«Wie ich sehe, bist du auf dem besten Wege zur Alkoholikerin.» Er leert seine Pfeife in einen Aschenbecher und macht sich sofort wieder daran, die Pfeife – ein Geschenk von seiner Tochter – neu zu stopfen. Sie hat ihm auch eine große Packung seines Lieblingstabaks mitgebracht, der in Honduras nicht erhältlich ist.

Margaret versucht, das perlende Desaster in ihrem Glas zu vergessen, indem sie sich umsieht. Sie sitzen im Restaurant *Llama Del Bosque* und genießen theoretisch ihre Cocktails vor dem Essen mit Elaine, die wieder einmal mit Migräne im Hotelzimmer liegt. Sie aßen schon gestern Abend hier, und sie war erstaunt darüber, wie köstlich das Essen war. Ihr Vater erklärte ihr, dass die frischen Zutaten von benachbarten Bauernhöfen für den Geschmack verantwortlich seien, aber sie lechzt noch immer nach einem anständigen Drink.

«Soll ich dir einen *Botran* bestellen?», erbarmt er sich schließlich ihrer. «Ich habe dir doch gesagt, dass Rum das Einzige ist, was du außer Bier hier bekommst, aber auch dann muss es natürlich die richtige Marke sein.»

Ein paar Minuten später genießt Margaret ihre Genugtuung, als ihnen zwei Rum Cola serviert werden und ihr Vater schon nach dem ersten winzigen Schluck die Kellnerin darüber informiert, dass der Rum in seinen Glas *nicht* der bestellte Botran ist.

«Doch, Sir, das ist Botran», beteuert sie unglücklich.

«Dann bringen Sie mir die Flasche. Die will ich sehen.»

Die Flasche aber taucht nie auf – auch dann noch nicht, als sie schon beim Nachtisch sind. Das Restaurant ähnelt einer großen Veranda mitten im Dschungel, und Margaret ist dankbar für die kühle nächtliche Brise. Ihr Körper aber verspürt dringendere Bedürfnisse, seit die beiden attraktiven jungen Archäologen (sie sind eindeutig keine Touristen) das Restaurant betraten, als sie gerade bei den letzten Bissen ihres Nudelgerichts mit drei verschiedenen Käsesorten angelangt war. Danach wurde jede Gabel voll Pasta zu einem geschmacklosen Kampf, weil sie fürchtete, die beiden könnten ausgerechnet dann zu ihr herüberblicken, wenn sie gerade eine Ladung Spaghetti in den Mund schob. Aber sie hat bereits den Nachtisch bestellt, und der Blonde (der, auf den sie ein Auge geworfen hat) ist noch immer ins Gespräch mit seinem Freund vertieft, ebenso wie dieser bei einem Glas purem Rum. Als dann große Platten einheimischer Kost – Reis, Bohnen, Bananen und Huhn – vor ihnen aufgetischt werden, blickt er sich endlich um. Er fühlt sich offenbar so sehr wie zu Hause, dass ihm gerade erst wieder eingefallen ist, dass er sich an einem öffentlichen Ort aufhält.

Margaret fragt sich schon, wie sie seinen prüfenden Blick erträgt, denn er macht aus seinem Interesse an ihr keinen Hehl. Ihre Körpertemperatur steigt, als sie zu dem Schluss gelangt, dass sein Beruf wohl etwas mit seinem Mangel an guten Manieren zu tun haben muss, zumal die Archäologie aus ihrer Sicht eine merkwürdige Kombination aus harter Arbeit und Realismus auf der einen und Phantasie sowie romantischer Veranlagung auf der anderen Seite darstellt. Als sie endlich den Mut aufbringt, dem lebhaften Blick seiner blauen Augen länger als eine Sekunde standzuhalten, hat dieser Blick dieselbe wärmende und berauschende Wirkung auf sie wie purer *Bombay Sapphire,* und ihre Gedanken werden zur Obsession – sie muss weg von ihrem Vater, damit dieser Mann an sie herankommt.

Sie steht auf, um zur Toilette zu gehen, die sich gleich außerhalb des Restaurants am Rand des Dschungels befindet.

Sie hält sich länger als nötig in dem stinkenden kleinen Verschlag auf, wo sie die Luft anhält, bis ihr schwindelig wird und sie beim Hinausgehen gegen einen Stuhl stößt.

Eine raue Hand ergreift ihren nackten Arm, um sie zu stützen.

Als sie aufblickt, ist ihr, als würde er sie zu seinen leuchtenden Augen hochziehen und sie vor der tiefen Verzweiflung bewahren, in die sie fiele, wenn sie ihn nicht bekäme.

Wenige Minuten später trinken Lewis und John mit Margaret und ihrem Vater Kaffee, während sie ungläubig lächelnd den Schatz betrachtet, den sie in dieser Einöde gehoben hat. Ihr Vater ist beeindruckt von den Manieren der Archäologen und hoch erfreut, dass sie das Interesse seiner Tochter an der Geschichte teilen, zumal sie finanziell recht gut gestellt zu sein scheinen. Vor allem Lewis lässt keine Gelegenheit aus zu betonen, wie sehr er Margarets Intelligenz zu schätzen weiß. Sein Lächeln ist so ermutigend, dass sie sich nicht scheut zu versuchen, ihren profundesten Gedanken über die menschliche Kultur Ausdruck zu verleihen, und die Art, wie er sie dabei ansieht, lässt ihr alles, was sie glaubt, wunderbar real erscheinen.

Margaret verlässt die *Flamme des Waldes* berauscht vor Verlangen und Hoffnung. Sie und Lewis machen sich langsam auf den Weg die Straße hinunter, aber der Hang ist so steil, dass sie der Schwerkraft nachgeben und übermütig lachend gemeinsam von ihrem Vater wegrennen, der in gemächlicherem Schritt folgt, mit John in ein Gespräch vertieft.

Und keiner von ihnen nimmt Notiz von der schlanken Gestalt, die ihnen aus dem Dunkel hinterherblickt.

Covenant Transport

Dorchester, Massachusetts 1933

Sechs Tage in der Woche bringt Elizabeth Reed ihren Bruder um vier Uhr morgens zur Bäckerei, um dann wieder nach Hause zu fahren und noch ein paar Stunden zu schlafen. Vor Sonnenaufgang aufstehen zu müssen deprimiert sie; es beraubt sie auf mysteriöse Weise ihrer zielgerichteten Art, und sie weiß nur in einem sehr engen, wörtlichen Sinne, wohin sie da eigentlich fährt.

Während der relativ kurzen Fahrt stehen Lichtzeichenanlagen wie gelbe Sonnen über dem leeren schwarzen Raum der Straßen. Eines Morgens fällt auf dem Heimweg ein leichter Regen, und aufkommender Nebel hüllt die Straßenlaternen in eine gespenstische Aura. Kein anderes Fahrzeug ist zu sehen, abgesehen von einem Lastwagen, der auf der gegenüberliegenden Straßenseite gerade anhält. Seine zahlreichen Scheinwerfer sind in Form eines Kreuzes angeordnet, um das rastlos der Nebel wabert. Auf dem dunklen Chassis des Lastwagens prangt das Wort COVENANT TRANSPORT.

★★★

Drei Stunden später kommt Elizabeth erneut an dem Lastwagen vorbei. Über den leeren Bürogebäuden stehen unzählige Sterne, als sie sieht, wie der Fahrer leichtfüßig von seinem Platz hinter dem Steuerrad auf die Straße springt. Er ist auffallend groß, und seine in einen langen schwarzen Mantel gehüllte Silhouette hebt sich wie ein massiver Schatten vor dem leuchtenden Kreuz der Scheinwerfer ab.

★★★

Die um ihre Existenz kämpfende Werbeagentur, für die sie die Rechnungen tippt, macht schließlich dicht, sodass sie sich nach einem anderen Job umsehen muss, wie so viele andere auch. Am Sonntag beginnt sie mit dem wenig aussichtsreichen Unterfangen, die mageren Stellenangebote zu durchforsten.

Am Montag antwortet sie auf eine obskure kleine Anzeige, weil die ausgeschriebene Stelle einer Vorzimmerdame halbwegs zu ihrer begrenzten Berufserfahrung passt. Sie erleidet einen merkwürdig angenehmen Schock, als sie zu der angegebenen Adresse – 1048 Elder Street – fährt, deren Hausnummer nun, da der Lastwagen nicht mehr davorsteht, gut zu sehen ist. Elizabeth beschleicht das sichere Gefühl, dass dieser Job geradezu auf sie wartet. «Zufall» ist für sie ein Fremdwort, denn sie war schon immer davon überzeugt, dass um sie herum unsichtbare Kräfte wirken – vielleicht weil es ihr einfach nicht in den Kopf will, dass ihre einzigartige Schönheit nur die Folge eines willkürlichen Zusammenwirkens chemischer Prozesse sein soll.

Als sie aus dem alten Ford Model-T steigt, der dank der unermüdlichen Anstrengungen ihres Bruders noch immer nicht den Geist aufgegeben hat, wirft sie einen kurzen Blick auf ihr mattes Spiegelbild im Fenster der Fahrertür. Erst kürzlich hat sie einen Großteil ihrer langen Haare auf dem gleichgültigen Altar eines Frisiersalons geopfert. Wie hohle Hände umfassen nun zwei adrette schwarze Bögen ihr Gesicht und präsentieren es der Welt, und die an der Stirn kurz geschnittenen Haare verleihen ihr in Verbindung mit ihren vollen Lippen ein verführerisches Aussehen. Das ist nicht nur der letzte Schrei, sondern passt auch bestens zu ihrer unabhängigen Art, die sie zum Leidwesen ihrer Mutter bereits seit ihrer Geburt an den Tag gelegt hat.

Unter den schwarzen Metallziffern auf der schweren Holztür fehlt das Firmenschild, und das große Vorzimmer, das sie betritt, ist leer. An den kahlen weißen Wänden hängt kein einziges Bild, kein Mobiliar versperrt den Blick auf den auf Hochglanz gebohnerten Holzboden, und die Decke ist ein unfertiges Netz schwarzer Balken und weitaus höher, als Elizabeth es von außen für möglich gehalten hätte. Der Raum wird von den Sonnenstrahlen, die durch die Milchglasscheiben der zwei Fenster zu beiden Seiten der Tür fallen, in ein düsteres Licht getaucht, ergänzt vom Schein einer Messinglampe auf einem kleinen Schreibtisch in der Ecke, den sie erst jetzt wahrnimmt.

«Guten Tag», spricht sie die blonde Frau hinter dem Schreibtisch an. «Ich bin Elizabeth Reed und möchte mich für die Stelle bewerben, die in der Zeitung ausgeschrieben ist.»

«Guten Tag, Elizabeth.» Die Frau steht hinter dem Schreibtisch auf. «Kommen Sie bitte mit.»

Die gegenwärtige Vorzimmerdame, ihrem Teint nach zu urteilen vermutlich naturblond, ist groß und schön wie Ginger Rogers. Sie führt Elizabeth in einen schmalen, von einer nackten Glühbirne schwach erleuchteten Korridor, wo sie eine Tür öffnet und ihr lächelnd bedeutet, in das Zimmer dahinter einzutreten. Dann fällt die Tür hinter ihr ins Schloss, und Elizabeth ist allein mit einem Monstrum von einem Schreibtisch und der ganz in Schwarz gekleideten Gestalt hinter ihm.

«Guten Tag, meine Liebe», begrüßt die Nonne sie mit einem müden Lächeln. «Nehmen Sie doch bitte Platz.»

Elizabeth setzt sich auf den Holzstuhl vor der mit Papieren übersäten Schreibtischplatte.

«Sie sind bereits das neunte Mädchen, mit dem ich es heute zu tun habe, Elizabeth», erklärt die namenlose Schwester traurig. Ihre wässrigen grünen Augen sind von einem wahren Delta von Falten umgeben. «Keine von ihnen war für die Stellung geeignet.»

«Oh …» ist alles, was Elizabeth dazu einfällt, während sie ihren peinlich sauber getippten Lebenslauf hervorholt.

Die alte Frau nimmt ihn entgegen und wirft mit geschürzten Lippen einen Blick darauf. «Mm … sehr gut, und jetzt sind Sie also hier.»

Elizabeth macht sich ihre Eröffnung zunutze. «Wo genau ist bitte *hier*, Schwester?»

«Verzeihen Sie mir, meine Liebe, ich dachte, Sie wüssten, wo Sie sind. Das hier ist der Anbau der St. John's Church. Er dient in erster Linie als Lagerhalle, aber auf der Rückseite gibt es auch eine Küche, wo freiwillige Helfer an Samstagen die Hostie backen. Wir lagern hier sämtliche Essens- und Kleiderspenden. Candy haben Sie ja bereits kennengelernt. Sie nimmt Anrufe entgegen und die Spenden, die tagsüber hier eintreffen, aber wir brauchen auch jemanden, der über Nacht hier ist, denn Gottes Diener ruhen nie.»

«Ja, das habe ich schon mitbekommen. Ich fahre meinen Bruder jeden Morgen um vier in eine Bäckerei und habe einen Ihrer Lastwagen hier stehen sehen.»

«Sehr schön.» Ein kindliches Grinsen glättet ihre Runzeln, bevor es wieder verschwindet wie eine Fata Morgana in einer von Rissen durchzogenen Wüste. «Candy gibt Ihnen die Formulare, die Sie ausfüllen müssen. Ich nehme an, zehn Dollar die Woche ist für Sie akzeptabel?»

«O ja, danke, Schwester!»

«Sie fangen schon heute Nacht an, Elizabeth. Ich gebe Ihnen den Schlüssel. Sie arbeiten von Mitternacht bis neun, Montag bis Freitag. Zum Backen kommen die Frauen nur an Samstagen, somit haben Sie nichts mit ihnen zu schaffen. Der junge Mann, der unsere Lieferungen abwickelt, wird sich Ihnen vorstellen. Wir erwarten heute Nacht neue Kissen für die Kirchenbänke, und zwar so gegen vier Uhr.»

Die große dunkle Gestalt im langen schwarzen Mantel … der Gedanke an ihn bewirkt, mehr noch als die großzügige Bezahlung, dass ihr dieser Job trotz der hier herrschenden Grabesstille keineswegs stinklangweilig erscheint, sondern potenziell durchaus interessant.

★★★

Elizabeth sitzt wieder im hallenden Vorzimmer hinter dem Schreibtisch mit der Messinglampe und dem grünen Glasschirm. Sie trägt ein langärmliges schwarzes Kleid mit einem spitzenbesetzten Kragen, das vorn bis zur Taille geknöpft ist, sowie Ohrringe mit tropfenförmigen Perlen, die ihre Großmutter ihr hinterlassen hat und die sie sehr in Ehren hält.

Sie betrat das Büro um sechs Minuten vor Mitternacht, jedenfalls nach der schwarz-weißen Uhr, die jetzt über ihrem Kopf hängt. Die absolute Dunkelheit und die Stille haben sie eingeschüchtert, und noch immer kann sie sich eines gewissen Unbehagens nicht ganz erwehren.

Mit Ausnahme eines Gangs auf die schrankgroße Toilette sitzt sie nun schon seit zwei Stunden auf dem überraschend bequemen Schreibtischstuhl und liest. Als Erstes erforschte sie die leicht verzogenen Schubladen, wo sie aber außer den üblichen Stiften und Federhaltern, Büroklammern, Papier und Schreibunterlagen nichts fand, was ihr Interesse geweckt hätte.

Sie versucht, sich ganz auf die Handlung ihres Buches zu konzentrieren, doch die Langeweile saugt Tropfen um Tropfen und Sekunde um Sekunde die Energie aus ihr heraus, bis sie nicht mehr weiß, wie sie sich die ganze Nacht über wach halten soll.

Sie steht auf, um die Blutzirkulation in ihren steifen Muskeln anzuregen, geht zu einem der Fenster neben der Tür hinüber und zieht die staubigen Vorhänge zurück. Wenn sie es schafft, weitere zwei Stunden auf den Fahrer zu warten, kann sie ebenso gut zwei Jahrhunderte überstehen. Ihr einziger Gefährte in dieser stillen Nachtwache ist die Straßenlaterne an der Ecke. Die Art, wie sich der obere Teil des Lampenmasts über den schwarzen Asphalt biegt, erinnert sie an einen Menschen mit kummervoll gesenktem Kopf, doch selbst durch die Wände des Gebäudes hindurch fühlt sie das unterschwellige Summen des Stroms, der durch sie fließt.

Scheinwerfer reißen sie abrupt aus ihren Gedanken,

als draußen ein Lastwagen vorfährt und ihr die Worte COVENANT TRANSPORT ins Auge springen.

Sie öffnet die Tür und tritt gerade noch rechtzeitig hinaus in die kalte Finsternis, um zu sehen, wie der Fahrer aus dem Scheinwerferstrahl kommt. Er konzentriert sich auf das Klemmbrett in seiner Hand, blickt aber sofort hoch, als er das Geräusch ihrer High Heels auf dem Gehsteig hört.

Wie es sich herausstellt, übertrifft die Realität bei weitem ihre Phantasien: Er ist so unglaublich attraktiv, dass ihre Stimme an seinen Gesichtszügen abzugleiten scheint und sie nur mit Mühe ein atemloses «Guten Abend!» herausbringt. Dann schlägt sie die Arme um sich, eilt wieder ins Gebäude und zieht sich hinter ihren Schreibtisch zurück.

Er folgt ihr. «Guten Morgen», verbessert er sie und legt sein Klemmbrett vor sie hin. «Mein Name ist John», stellt er sich mit tiefer, ruhiger Stimme vor.

«Nett, Sie kennenzulernen, John. Ich bin Elizabeth.»

«Sie sind schön, Elizabeth.»

Das direkte Kompliment verschlägt ihr buchstäblich den Atem. «Danke ...»

«Wie viele Männer hatten bisher das Vergnügen, Ihren reizenden Körper benutzen zu dürfen, Elizabeth?»

«Was?», stößt sie irritiert hervor. «Das geht Sie –»

«Erklären Sie mir nicht, dass mich das nichts angeht, Elizabeth, denn sonst müssten Sie lügen.»

«Ich trage zwar einen Bubikopf, mein Herr, aber ich bin trotzdem eine ehrenwerte Frau, und zwar eine ganz besondere.» Selbstverständlich hat sie einer Handvoll Männer erlaubt, sie zu lieben, doch alle hatten sie letztlich aus dem einen oder anderen Grund enttäuscht. Das allein aber machte sie noch lange nicht zum Flittchen. «Ich hänge noch immer an der altmodischen Überzeugung, dass es irgendwo einen ganz besonderen Mann gibt, der für mich bestimmt ist, und bis es so weit –»

«Glauben Sie das wirklich, Elizabeth?»

«Ja», erwidert sie inbrünstig, fasziniert vom vollkommenen Ebenmaß seiner Gesichtszüge. Trotz der eisigen Temperaturen draußen ist nicht die kleinste Spur von Röte auf seinen Wangen zu entdecken.

Er dreht sich abrupt mit wehendem Mantel um und lässt die Eingangstür hinter sich offen, sodass die Kälte ungehindert hereinströmen kann.

Obwohl er soeben mit seiner intimen Frage auf ihrer Sensibilität herumgetrampelt ist, verbieten es ihr sein vollkommener Körperbau und seine stolze Haltung, ihm etwas nachzutragen. Wie angewurzelt bleibt sie auf dem Schreibtischstuhl sitzen und wartet geistesabwesend und frierend auf seine Rückkehr.

Eine Minute später sieht sie zu, wie er etwas hereinkarrt, das ganz wie ein schmaler hölzerner Sarg aussieht.

«Ich nehme an, das sind die neuen Kissen für die Kirchenbänke», merkt sie an. Sie wagt erneut, ihren

Platz hinter dem Schreibtisch zu verlassen, und folgt ihm durch den langen Korridor zu einer Tür ganz am Ende. «Lassen Sie mich das machen», bietet sie an, die Tür für ihn zu öffnen, und der Knauf dreht sich so widerstandslos, dass sie beinahe in den pechschwarzen Raum stolpert. Sie geht ihm geschmeidig aus dem Weg und sucht die Wand nach einem Lichtschalter ab, während die Dunkelheit ihn und seine Last verschluckt. Endlich findet sie den Schalter und drückt ihn hoch, aber nichts geschieht.

«Keine Angst.» Er kommt zurück, die leere Sackkarre hinter sich herziehend. «Es funktioniert nicht.»

Sie möchte nicht wie ein Hündchen wirken, das ständig hinter ihm hertrottet, und so setzt sie sich wieder hinter den Schreibtisch, während er zum Lastwagen zurückgeht.

Als er wieder in den Lagerraum kommt und an ihrem Schreibtisch vorbeigeht, wirft er ihr schweigend einen langen, durchdringenden Blick zu. «Sagen Sie mal, Elizabeth», fragt er auf dem Weg hinaus, «glauben Sie eigentlich, Ihr neuer Job wird Ihnen gefallen?»

«Kommt ganz drauf an, John. Wie lange machen Sie das hier schon?»

«Was meinen Sie? Mit schönen Frauen flirten oder Lastwagen fahren?»

«Ich bin mir sicher, Sie könnten das ganze Fahrzeug mit Ihren Eroberungen füllen», entgegnet sie.

«Natürlich», räumt er ein und bleibt neben ihr stehen, «aber das heißt noch lange nicht, dass ich leicht zufriedenzustellen bin. Ein Mädchen wie Sie sollte nicht die ganze Nacht über allein sein, Elizabeth. Oder macht es Ihnen vielleicht Spaß, wach zu sein, wenn fast alle anderen schlafen?» Er blickt sich um. «Fühlen Sie, wie alle ihre Träume durch die Luft schweben wie Geister? Nachts kommt man sehr viel leichter auf interessante Ideen als bei Tage, wenn jedermanns Geist wach und auf rationale Ängste und Sorgen eingestellt ist.» Er blickt ihr geradewegs in die Augen. «Falls Sie wissen, was ich meine, Elizabeth.»

«O ja, das weiß ich sehr wohl. Ich fahre meinen Bruder schon seit einiger Zeit jeden Morgen um vier Uhr zu einer Bäckerei, und die Atmosphäre ist ganz anders um diese Zeit, und zwar nicht nur, weil es dunkel ist … Ich habe Ihren Lastwagen gesehen, als er draußen im Nebel abgestellt war …»

Er setzt sich auf den Rand des Schreibtischs und ragt in seinem schwarzen Mantel drohend über ihr auf. «Glauben Sie an ein Leben nach dem Tode, Elizabeth?», fragt er ruhig und blickt ihr dabei fest in die Augen.

«Ja, aber ich glaube nicht, dass es etwas ist, was einfach so mit uns geschieht», antwortet sie nachdenklich, fasziniert von ihrem ungewöhnlichen Gespräch. «Ich glaube eher, dass es so viele verschiedene Leben nach dem Tode gibt, wie es Menschen gibt. Ich meine, wenn wir unseren geistigen Horizont nicht schon in diesem Leben entwickeln, wird der Tod für uns ein ziemlich schreckliches Erlebnis. Aber der

Tod ist nicht nur ein großer schwarzer, leerer Raum, in den wir alle verschwinden, und ich glaube auch nicht daran, dass danach der perfekte Himmel auf uns wartet. Eines von beiden zu glauben wäre etwa so, als ob ein Baby im Mutterleib davon ausgehen würde, dass das Leben nach der Geburt entweder die vollkommene Leere oder ein sorgenfreies Paradies sein wird.» Diese tiefgehenden Gedanken mit ihm zu teilen erregt sie so sehr, dass sie ihre Schüchternheit ganz vergisst. «Ich denke, Sterben ist wie eine zweite Geburt, nur dass alles gewissermaßen von innen nach außen umgekrempelt wird und unsere innere Welt sich dann um uns manifestiert.»

«Ich habe gerade etwas Zeit», erklärt er ruhig. «Möchten Sie vielleicht eine Tasse Tee mit mir trinken, Elizabeth?»

★★★

Die höhlenartige Küche wird beherrscht von einem langen Holztisch, der vom jahrelangen Kneten des Leibs Christi schon ganz glänzend ist. Flankiert wird er von zwei Reihen von Öfen, und die Tatsache, dass die Hälfte der Deckenlampen kaputt ist, erzeugt eine merkwürdig leichenhallenähnliche Atmosphäre. Es ist dunkel in der Ecke, wo ein altersschwacher kleiner Gasherd neben einem großen Porzellanspülbecken steht. Sie setzt sich an den kleinen Holztisch vor den Herd, während John mit dem Rücken zu ihr das Teewasser aufsetzt. Abgesehen vom gelegentlichen Aufblitzen seiner weißen Hände, besteht er aus drei Abstufungen von Dunkel, von seinem schwarzen Haar über seinen Mantel bis hinunter zu seinen Lederstiefeln.

«Ihre Gedanken gefallen mir, Elizabeth.» Er stellt eine abgeschlagene Teetasse vor sie hin und setzt sich ihr gegenüber.

«Danke, John.»

Er verschränkt die Arme vor der Brust, und seine ernsthafte Miene macht ihn fast zu schön, um ihn anzusehen. «Freut es Sie festzustellen, dass alles, was Sie glauben, wahr ist, Elizabeth?»

Seine Wahl der Tempora verwirrt sie, aber sie ignoriert sie einfach. «Ich müsste erst tot sein, und deshalb meine ich, dass ich warten kann, bis ich es herausfinde.»

«Ihnen bleibt keine Wahl, Elizabeth. Glauben Sie wirklich an diese seltsame Arbeitsstelle, in der Sie mitten in der Nacht herumsitzen und nichts tun?»

Sie lächelte, um den Ansturm der Gefühle in ihrem Inneren zu verbergen, als ihr plötzlich klar wird, worauf er hinauswill. «Sie meinen, ich bin … ich bin tot?» Sie verschränkt die Beine, um zu verbergen, wie sehr es sie erregt, sich ihn als Engel der Finsternis vorzustellen.

Er blickt ihr weiterhin wortlos in die Augen.

«Ich weiß es noch nicht, aber ich … ich bin gestorben», fährt sie fort in der Erwartung, dass er möchte, dass sie die makabre Handlung weiterspinnt, «und dieser Ort hier ist nur eine Metapher, die meine Seele um mich herum fabriziert. Und diese schöne Empfangsdame und die alte Nonne, die mich angestellt hat, sind die beiden Aspekte meines Wesens, das Sinnliche und das Spirituelle. Außerdem ist es nach Feierabend, und deshalb ist alles so dunkel und still wie im Grab.»

«Sie sind sehr intelligent, Elizabeth», räumt er mit einem finsteren Lächeln ein. «Aber welche Rolle spiele ich dabei?»

«Sie sind entweder ein Engel oder ein Teufel ... aber ich hoffe, Sie erweisen sich als Mischung aus beiden.»

«Dann müssen wohl beide in Sie eindringen, Elizabeth.» Er steht abrupt auf und geht um den Tisch herum auf sie zu.

Ihre Augen schließen sich vom kräfteraubenden Ansturm des Verlangens, der über sie kommt, als er ihren Arm ergreift und sie hochzieht. Sie leistet keinen Widerstand, als er sie zum Tisch hinüberführt. Er umfasst ihre Taille und hebt sie hoch, und sie protestiert auch nicht, als er ihr Kleid weit genug nach oben schiebt, um ihre Beine spreizen und sich zwischen sie stellen zu können. Sein Mund öffnet sich über dem ihren und lockt sie in ein warmes, flüssiges Reich, das ihr das erregende Gefühl vermittelt zu fliegen. Sein tiefer Kuss stellt für sie eine ebenso substanzielle wie hemmungslose Dimension dar, innerhalb deren seine kontrollierte Urgewalt sie überwältigt und es ihr unmöglich macht, mit klarem Verstand über das nachzudenken, was mit ihr geschieht. Nur ganz verschwommen fragt sie sich, ob ihre Lüsternheit wohl dazu führt, dass sie die bitter benötigten zehn Dollar die Woche verlieren wird, die ihr eine Nonne versprochen hat, die sie auf der Stelle entlassen würde, könnte sie sie jetzt sehen. Er hält ihre Oberarme weiter fest im Griff, obwohl sie keine Chance hat, ihm zu entkommen, und sie ist froh, dass seine Hände nicht anderswohin wandern und er sie lediglich mit einem langen Kuss erforscht. Dennoch nimmt ihre Angst zu, oder ist es ihre Erregung … sie kann beides nicht mehr recht auseinanderhalten. Seine eindringlichen Anspielungen haben sie für seine Annäherungsversuche geöffnet, aber sie sind nicht verantwortlich für die träge Art und Weise, in der sie den Kopf in den Nacken legt, als er sie mit seiner Zunge tiefer erkundet als je ein Mann vor ihm. Fast scheint es, als wolle er ihr den Atem aus den Lungen saugen, und ihre Brust hebt und senkt sich von der Anstrengung, als er schließlich von ihr ablässt.

Er blickt ihr tief in die Augen, packt sanft ihr linkes Handgelenk und führt es an seine Lippen. Er schiebt den Ärmel ihres Kleids hoch und küsst das blaue Delta der sich schwach durch ihre zarte Haut abzeichnenden Adern. Sie sieht ihm dabei zu, den Mund vor wachsender Verwunderung geöffnet, die Augen leuchtend vor Verlangen – ein Verlangen, das sie nicht in Worte fassen kann. Zuerst stellt der Anblick seiner kräftigen weißen Zähne und seiner ausgeprägten Eckzähne lediglich eine weitere ästhetische Offenbarung dar und liefert ihr einen weiteren Grund, sich seiner Anziehungskraft zu unterwerfen, doch als ihre verblüffend spitzen Enden sich in ihre Haut bohren, versucht sie instinktiv, ihren Arm zurückzuziehen.

«Hören Sie auf!», stößt sie hervor, doch er hält ihr schlankes Handgelenk weiter fest zwischen seinen Lippen.

Der Schmerz steigert sich in ihr zu einer betäubenden Symphonie, deren leidenschaftlicher Dirigent all ihre Sinne und Wahrnehmungen zu einem Höhepunkt führt, als er seine Zähne unter einem tief aus seiner Kehle kommenden Knurren in ihr Fleisch senkt.

«O mein Gott!», schreit sie. «Was machen Sie da? Hören Sie auf! Bitte, John, so hören Sie doch auf!»

Er hebt den Kopf.

Sie kann es nicht glauben: Seine Lippen sind von einem so kräftigen, schönen Rot benetzt, wie es die Kosmetikindustrie niemals hervorbringen wird. «Sie haben … Sie haben gerade mein Blut gesaugt!» Doch ihr Ausruf ist nicht ausschließlich von Entsetzen geprägt. Sie klingt eher wie ein Kind, deren Spielgefährte die Grenzen eines aufregenden Spiels überschritten hat, indem er etwas vollkommen Unerwartetes und Schockierendes getan hat, sodass ihr Schmerz gemildert wird von einer Mischung aus Erregung und Bewunderung, die ihre Augen unter einem vorwurfsvollen Schleier von Tränen aufleuchten lässt.

«Hast du schon mal von Vampiren gehört, Elizabeth?», flüstert er.

«Natürlich habe ich schon von Vampiren gehört, aber die … die gibt es doch in Wirklichkeit gar nicht …»

«Wie willst du wissen, dass die Untoten nur ein Mythos sind, Elizabeth? Wie kannst du so sicher sein, dass wir nicht wirklich existieren?»

Sie starrt auf ihr Handgelenk und versucht verzweifelt zu verstehen, woher die zwei Stichwunden in ihrem Fleisch kommen, die aussehen, als könnten sie von einer sehr großen Katze stammen, und mit einem Mal schwirren ihr unzählige Ängste wie Fledermäuse durchs Gehirn. Die leuchtend roten Löcher sind gefährlich tief, und als sie wieder hoch in seine silbrig grauen Augen blickt – in die bodenlosen schwarzen Löcher seiner Pupillen –, wird ihr klar, dass sie ihre Seele bereits in dem Moment an ihn verlor, als sie seine Silhouette vor dem leuchtenden Kreuz der Scheinwerfer sah. Die Frage war also nur noch, was aus ihrem Körper werden sollte …

«Sie sind so schön, Elizabeth. Ihre Seele wirkt auf einzigartige Weise berauschend auf mich – mehr als jede, die ich je gekostet habe. Ich muss Sie haben …»

Sie will schon sagen: «Das ist jetzt aber nicht mehr spaßig, John!», aber spaßig war es ohnehin nie, sondern im höchsten Grade erregend, und irgendwie ist es das immer noch, auch wenn die Angst nun überhand zu nehmen droht.

Er lässt ihr Handgelenk los und tritt zurück. Jetzt ist der Augenblick gekommen, in dem sie vor ihm die Flucht ergreifen sollte, doch sie rührt sich nicht von der Stelle. Sie ist wie gelähmt von der Art und Weise, wie seine Augen sich schließen, während er sich die Lippen ableckt, um den Geschmack ihres Blutes zu genießen, als wären darin die köstlichsten Zutaten der Welt enthalten. Seine Lider sind so glatt und weiß, dass sie wie aus Marmor zu sein scheinen, als er blind zum Himmel blickt. Er schaut sie nicht an; sie könnte theoretisch vom Tisch gleiten und aus der Küche rennen, doch sie bewegt sich noch immer nicht, und ihre Passivität ist ihr selbst ein Rätsel, das sie so verzweifelt zu entschlüsseln sucht, dass sie keinen klaren Gedanken fassen kann. Sie kann überhaupt nicht mehr denken, und dann ist es zu spät, weil seine Augen wieder offen sind.

«Steh auf und zieh dein Kleid für mich aus, Elizabeth.»

Der entrüstete Ausruf «Für welche Art Mädchen halten Sie mich überhaupt?» zuckt ihr wie ein ferner Blitz durch den Sinn, doch in ihr kommt kein wirklicher Donner, keine echte Entrüstung auf. Ihr Stolz und ihre Tugend sind noch immer auf geheimnisvolle Weise intakt, als sie sich vom Rand des Tisches gleiten lässt und ihr Kleid aufzuknöpfen beginnt, wobei eine berauschende Mischung aus Angst und Verlangen ihre Finger zittern lässt und sie zwingt, sich auf ihre Aufgabe zu konzentrieren. Sie starrt ernst auf die knochenfarbigen Knöpfe seines Umhangs, als sie sich das Kleid von den Schultern streift, und zögert nur einen Herzschlag lang, bevor sie ihm ihre nackten Brüste darbietet, die noch zu jung und zu straff sind, um von einem BH gestützt werden zu müssen.

«Schau mir in die Augen, Elizabeth. Ich möchte sehen, wie schön du bist.»

Sie gehorcht ihm, schiebt das Kleid langsam über ihre Strumpfhalter hinunter und legt den weichen Busch frei, der ihr Geschlecht verbirgt, gefolgt von der festen blassen Haut ihrer Schenkel. Einen Augenblick später hat sie mitten in der Küche einer Kirche nur noch ein schwarzes Strumpfband an, schwarze Strümpfe und schwarze, hochhackige Schuhe.

Er fällt so schnell über sie her, dass ihr nicht einmal mehr genug Zeit bleibt, um Luft zu holen und aufzuschreien. Die kalten Tiefen seines Mantels umfangen ihren schlanken Körper, als er sie nach hinten drückt, ihren linken Oberschenkel packt und grob ihr Bein anhebt und gegen sich hält. Ein schriller Schrei hallt in der höhlenartigen Küche wider und übertönt ihr schockiertes Keuchen, als seine Zähne spielend leicht die dünne Haut ihres Halses durchdringen. Er verlagert ihr Gewicht in seinen Armen, um sie möglichst fest in den Griff zu bekommen, und sie klammert sich an seine Schultern, um zu verhindern, dass ihr Bewusstsein von einem blendenden Strom des Schmerzes hinweggespült wird, in den sich ein unwiderstehlich erotischer Sog mischt … und je mehr sie gegen das starke Gefühl ankämpft, desto unbarmherziger scheint sie von ihm mitgerissen zu werden … sie hat nicht die Kraft, sich zu wehren, und versteht plötzlich gar nicht mehr, warum sie überhaupt Widerstand leisten sollte gegen ein so intensiv wonniges Gefühl … Sie schließt die Augen und spürt nur vage, dass lediglich seine Arme sie hochhalten, während ihr rasendes Herz sich allmählich beruhigt und sich in den sinnlichen Rhythmus seiner Kehle fügt, die ihr Blut in immer großzügigeren, mächtig warmen Schlucken in sich aufnimmt …

Als der Wasserkessel aufhört zu pfeifen, hört sie sich wieder denken. «Aufhören!», schreit sie. «O mein Gott, hören Sie doch bitte auf damit!»

Seine Zähne fühlen sich an wie zwei unmöglich harte Erektionen, die sich langsam aus ihrem Körper zurückziehen. Er lässt sie los, und sie sinkt auf die Knie, als wären ihre schwarzen Strümpfe nur Asche oder Schatten ohne eigentliche Substanz. Sie lehnt die Wange gegen einen seiner kalten schwarzen Stiefel, dessen unnachgiebige Wirklichkeit sie beruhigt. Als er sie dann an ihrem Bubikopf packt und wieder auf die Beine zwingt, heißt sie seine Grobheit willkommen wie die höchste Zärtlichkeit, und ein Teil von ihr kann nicht umhin, seinem bösartigen Kuss auch die andere, noch unberührte Seite ihres Halses als williges Opfer darzubieten.

«Jetzt bist du mein, Elizabeth.» Er nimmt ihre Hand und führt sie durch den schmalen Flur zurück in das leere Vorzimmer. «Unterschreib hier», befiehlt er und reicht ihr sein Klemmbrett, «und überlass mir deine Seele.»

Sie findet im Schreibtisch einen roten Federhalter und schreibt mit zittriger Hand ihren vollen Namen auf das leere weiße Blatt.

«Schau auf die Uhr, Elizabeth.»

Sie blickt hoch zu dem schwarz-weißen Zifferblatt. Die Zeiger stehen noch immer auf 2.09 Uhr – auf der Zeit, als sie aufstand, aus dem Fenster schaute und seinen Lastwagen halten sah.

Er geht auf die Tür zu.

«Warten Sie, John!» Das Letzte, was sie nun will, ist, nackt und allein zurückgelassen zu werden.

«Ich komme zurück, sobald Sie die Wahrheit akzeptiert haben, Elizabeth», verspricht er, ohne sich noch einmal umzublicken, und dann fällt die Tür lautlos hinter ihm ins Schloss.

Am Fenster stehend hört sie, wie der Motor des Lastwagens angelassen wird, und sieht, wie der goldene Strahl seiner Scheinwerfer sich entfernt, bevor sie langsam zum Schreibtisch zurückkehrt und verängstigt auf das unveränderliche Zifferblatt der Uhr blickt. Dann geht sie wieder in die Küche. Beim Anblick ihres Kleids auf dem Fußboden müsste sie sich eigentlich schämen, aber sie fühlt sich merkwürdig benommen. Er hat ihr wehgetan. Er hat etwas getan, von dem sie nie geglaubt hatte, dass ein Mann es ihr je antun würde. Er hat ihr Fleisch mit einem Teil seines Körpers penetriert, aber keinen Verkehr mit ihr gehabt, sondern ihr Blut gesaugt. Sie kann es noch kaum glauben, und wären da nicht die unheimlichen roten Wunden in ihrem Handgelenk, könnte sie sich vielleicht einreden, dass sie das alles nur geträumt hat. Die Einstiche bluten nicht, sie tun nicht einmal weh, und das beunruhigt sie am meisten.

Träge zieht sie sich ihr Kleid wieder über und versucht dann, die gespenstischen Indizien, die er auf ihrer Haut hinterlassen hat, einfach zu ignorieren, indem sie sich wieder hinter ihren Schreibtisch setzt und ihr Buch aufschlägt, doch sie kann keinerlei Interesse mehr für die kitschig-romantische Handlung aufbringen.

Sie sehnt sich nach dem normalen Geräusch eines vorbeifahrenden Autos und nimmt den Hörer ab.

Sie braucht eine volle Minute, bis sie begreift, dass sie keinen Wählton hört.

Sie legt den Hörer wieder auf und überprüft, ob das Kabel mit der Dose in der Wand verbunden ist, aber als sie es noch einmal versucht, hört sie noch immer keinen Ton.

Sie sitzt da und starrt ins Leere.

Eine Ewigkeit vergeht, bevor sie den langen Seufzer der Lastwagenreifen draußen auf der Straße hört.

Er klingt wie Blut, das auf den Straßen ihrer Adern wieder ins Fließen kommt. Sie vermutet, dass das Geräusch lediglich eine Sinnestäuschung ist, doch das spielt keine Rolle mehr. Als die Tür aufgeht und er über die Schwelle tritt, weiß sie, dass ihre grenzenlose Sehnsucht die ganze Realität darstellt, die sie braucht.

Laila

Sansibar 1863–1880

Laila ist ein alter arabischer Name und bedeutet «dunkel», Zahra heißt «Blume» bzw. «Blüte» und Amira «Prinzessin».

Nirgendwo im Koran steht geschrieben, dass die Frauen den Männern unterlegen sind. Und was noch wichtiger ist: Nirgendwo im Koran steht geschrieben, dass die Männer den Frauen überlegen sind. Zumal die Männer durch ihr Handeln ohnehin ständig das Gegenteil beweisen. Laila konnte Frauen einfach nicht verstehen, die noch immer jene Wesen begehrten, von denen sie eingesperrt und misshandelt wurden. Da sie unendlich viel Zeit dafür hatte, dachte sie lange und intensiv über das alles nach und gelangte zu dem Schluss, dass die Frauen sich nicht von der fleischlichen Hülle eines Mannes verführen lassen – zumal diese sich recht schnell abnutzt und unweigerlich im Grab endet –, sondern von der ihr innewohnenden Macht. Diese Frauen fühlen sich zu der göttlichen Kraft hingezogen, welche die Männer zu verkörpern überzeugt sind. Und was die Männer anbelangt, hat Laila schon lange begriffen, dass sie lediglich das Spiegelbild Allahs in sich selbst lieben, und wenn sie einer

Frau zugetan sind, dann nur deshalb, weil diese es versteht, sie in jeder Hinsicht zu vergöttern. Mag ein Mann auch eine Haut haben wie drei Tage alte Linsen und verschlagene schwarze Augen wie Käfer, die sich in seinen fetten Leib bohren – verfügt er in den Augen anderer Männer über Macht, so gelingt es närrischen Frauen tatsächlich, sich einzureden, dass sie ihn begehren. Laila aber weiß es besser. Sie war niemals empfänglich für die unerklärliche Schwäche, die ihre Großmutter und ihre Mutter, ihre Schwestern und Cousinen befiel wie eine heimtückische Krankheit. Sie deutete die heftigen Wutausbrüche ihres Vaters niemals als Stärke, sondern nur als Ungerechtigkeit ihrer Mutter gegenüber, die für die Tatsache büßen musste, dass Allah sich ihnen gegenüber weniger großzügig zeigte als bei anderen, sich weniger fromm gebenden Familien … außer ausgerechnet im Hinblick auf Laila selbst. Ihre makellose mandelfarbene Haut, ihre vollen Lippen und ihre dichten schwarzen Wimpern verliehen dem brennenden Hochmut in ihren lebhaften grünen Augen eine begehrenswerte Aura tiefer Sinnlichkeit.

Sie war noch keine zwölf Jahre alt, als ihr Vater sie zu dem Markt karrte, den die Eunuchen des Sultans zu besuchen pflegten. Für ihn war sie nicht mehr als ein Laib Brot, der an genau den richtigen Stellen aufging. Ihre Zähne waren glatt und weiß wie das kostbarste Elfenbein, was potenziellen Käufern sofort ins Auge sprang, als sie grob ihren Mund inspizierten wie das Maul eines Kamels vor einer langen Reise. Und weil sie schließlich als würdiges Besitztum eingestuft wurde, wusste sie, dass ihr Vater sich von dem Erlös neue Kleider und eine neue Gebetsmatte kaufen würde, und sie stellte sich vor, wie ihre ganze Familie an den Feiertagen ein Festessen veranstalten würde zum Dank für ihre Schönheit, die in dem lebendigen Grab, den der Harem des Sultans darstellte, künftig von der Öffentlichkeit unbemerkt bleiben würde.

Laila lebte nicht lange genug in der Welt außerhalb des Harems, als dass das Licht Allahs, das hell in ihrem Herzen und in ihrem Geist schien, von Schleiern verdüstert und durch die männliche Wahrnehmung ihrer Person gefiltert worden wäre. Von dem Augenblick an, in dem sie den Großen Serail betrat, wusste sie, dass Allah insgeheim die Hand über sie hielt, denn die glatte Wüste des Lebens als Sklavin eines mächtigen Mannes, die sich vor ihr auftat, war erfüllt von wunderschönen Luftspiegelungen, die, so versprachen es wortlos ihre heranwachsenden Sinne, sich eines Tages in eine sehr reale Oase der Freude und sogar des Glücks verwandeln konnten.

Drei beneidenswert mächtige Sultaninnen nicht mitgerechnet, besaß der Mann, dem jetzt auch Laila gehörte, mehr Konkubinen, als er beim Namen kannte, und hatte sie erst einmal ihr Blut um ihn vergossen, war sie für ihn kaum mehr von Interesse. Der Halbmond war über den Mauern des Palastes aufgegangen und schmückte den sanft errötenden Himmel, als sie ihm das erste Mal vorgeführt wurde.

Nachdem man sie gebadet und enthaart (ein schmerzhafter Vorgang, bei dem sie sich wand wie ein an Land gespülter Fisch auf einem Strand aus weißem Leinen), massiert und mit Henna gefärbt hatte, schwirrte eine Handvoll Frauen stundenlang energisch um sie herum, um sie fröhlich auf den Verlust ihrer Unschuld vorzubereiten. Kein Schatz war die Suche wert, wenn er zu leicht zu finden war, und der Sultan sollte einiges zu tun bekommen. Man wickelte sie in derartige Mengen leuchtend gefärbten und kunstvoll bestickten Stoffes, dass sie sich bei einem Blick an sich herunter im Muster über ihrer Brust verlor … und dann in einem anderen auf ihrem Arm … und dann in der komplizierten Stickerei auf ihrem Rock … Sie war ein Labyrinth von Gängen, die alle zu jenem einen, geheimnisvollen Ort zwischen ihren Beinen führten. Es waren die älteren Frauen, die sich um sie kümmerten, als sie ihnen absolut reglos lauschte, während sie sich über die Herkunft ihrer Kleider unterhielten. Ihre Worte ließen ihr die Welt größer erscheinen, als sie es sich vorstellen konnte, und erfüllten sie zugleich mit dem aufregenden Gefühl, dass ihr reizender Körper die Grenzen des Universums bildete; dass sie auf magische Weise im Herzen aller Karawanenstraßen lag, weil ihre Fähigkeit, sich so schön zu fühlen wie an diesem Tag, die treibende

Kraft hinter jeder Kultur darstellte. Damaskus, Gaza und die anderen Städte, deren Namen ihr noch nie zu Ohren gekommen waren, trugen so auf ihre Weise zur einzigartigen Schönheit ihrer Hochzeitsnacht bei. Ihr locker sitzendes Kleid war so kostbar wie ein ganzes Leben voller Sonnenuntergänge, als die herrlichen Farbtöne der Dämmerung in der Wüste ineinanderflossen zu kunstvollen Mustern aus Kreisen und Rechtecken, die sich über ihren Körper hinauf- und wieder hinabzogen. Ihre Taille war auf züchtige Weise betont von einem kordelähnlichen Gürtel unter einer Jacke mit Ärmeln, die sich von den Ellbogen abwärts wie exotische Blüten verdickten. Um ihren Hals hing eine *Hand Fatimas* aus Anatolien, um sie bei all ihrem Überschwang daran zu erinnern, dass sie zwar in dieser einen Nacht das schöne Sklavenmädchen war, künftig aber die Zuneigung ihres Herrn mit zahlreichen anderen Frauen würde teilen müssen. Die Halskette erinnerte sie aber auch daran, dass sie als Mitglied vom Harem des Sultans zwar mit Überfluss gesegnet war und niemals mit eigenen Händen Halwa rösten musste, aber dennoch gut daran tat, sich der Tugenden von Geduld und Treue zu entsinnen. Ihr langes schwarzes Haar wurde in zwei locker geflochtenen Zöpfen zu beiden Seiten ihres Gesichts und über ihre noch flache Brust drapiert, und zu guter Letzt bedeckte man ihren Kopf mit einem weißen Baumwollschleier mit buntbestickten Rändern, der ihr bis auf die Knöchel fiel.

Es brauchte den ganzen Nachmittag, um sie auf den – wie sich herausstellen sollte – sehr kurzen Aufenthalt im Privatgemach des Sultans vorzubereiten. Aus einem unvermeidlichen Gefühl der Ehrfurcht heraus hielt sie den Blick gesenkt, als sie ihm präsentiert wurde. Sie war froh über die gewobene Pracht, die sie verhüllte und seine Augen beschäftigte, während sein Blick über goldene und rote Pfade gelenkt wurde, damit er nicht (wie sie inständig hoffte) die finsteren und verdammenswürdig direkten Gedanken in ihren Augen lesen konnte. Er war eine Gewitterwolke aus schwarzen Gewändern, die über dem erhöhten Bett hing, und nachdem sie gehorsam von der Bettkante zu ihm gekrochen war, fühlte sich das, was sie nun erleben sollte, wie ein seltener, aber verheerender Sturm an, in dem der Schmerz heißer brannte als Blitze. Er machte sich gar nicht erst die Mühe, sie zu entkleiden, und sie kam sich so steif vor wie eine zum Begräbnis in ihre schönsten Kleider gehüllte Leiche, als die unter seinen Gewändern versteckte Waffe sie angriff, gnadenlos auf die zarte, schutzlose Blüte im Herzen ihres Fleisches abzielend. Lailas Verachtung für Männer erreichte in jener Nacht einen schrecklichen Höhepunkt, als einer der am meisten verehrten Diener Allahs auf Erden bewirkte, dass ihre Augen vor Ekel zufielen, während ihr sein überwältigender, von zu vielen Honigkuchen übersüßer Atem ins Gesicht schlug. Er durchbohrte sie auf grausamste Weise, bis ihr Blut floss, aber seltsamerweise war er derjenige, der sich keuchend auf ihr wand, als liege er in den letzten Zügen. Ihr Innerstes fühlte sich trocken an wie Sand, der nur kurz von einem Schwall Blut eines geschlachteten Lamms befeuchtet wurde. Es erschien ihr wie ein Wunder, als sie sich endlich wieder in der sanften, tröstlichen Umarmung des Harems wiederfand.

Laila fürchtete, der Sultan würde sie noch einmal zu sich holen. Ihr war klar, dass sie so nicht hätte empfinden dürfen, und so behielt sie ihre Ängste unter den neidischen Blicken anderer hoffnungsfroher junger Sklavinnen wohlweislich für sich. Immerhin hatte ihre absolute Passivität dem Sultan nicht so sehr missfallen, dass er ihre Hinrichtung befohlen hätte. Sie hatte schon befürchtet, dass die rebellischen Gefühle, die in ihren Augen brannten, sie dazu verdammen würden, als Fischfutter am Grund des Flusses zu enden. So gesehen war es in gewisser Weise eine Erleichterung, überhaupt noch am Leben zu sein, und Allah linderte sechs Tage nach ihrer Begegnung mit dem Sultan ihre Bürde noch mehr, als ihr Zyklus einsetzte wie üblich. Und mit dem Beginn ihrer Monatsblutung floss ihr auch das Mitleid zu, denn damit schied sie vorerst als mögliche Konkurrentin im Kampf um die Gunst ihres Herrn und Gebieters aus. Als schöne, aber – zumindest für eine Weile – demütige Odaliske stellte Laila keine Bedrohung für die anderen Konkubinen dar, und so behandelte man sie nun mit einer Gleichgültigkeit, die sie der offenen Feindseligkeit bei weitem vorzog, der sie unmittelbar nach der gewaltsamen Vereinigung mit dem Sultan ausgesetzt gewesen war. Die taxierende Aufmerksamkeit des Kislar Aga während der entscheidenden Tage nach dem Verlust ihrer Jungfräulichkeit hatte bei ihr ebenfalls große Ängste bezüglich ihrer Zukunft ausgelöst, doch dann wandten sich alle der jüngst eingetroffenen schönen neuen Sklavin zu, und Laila konnte sich im Status der Unbedeutsamkeit entspannen.

Nicht alle Frauen im Serail konnten noch die Hoffnung hegen, in der Gunst des Sultans aufzusteigen, sei es aufgrund ihrer Schönheit oder dadurch, dass sie ihm ein Kind gebaren. Sie hatten ihre Chance gehabt und galten nun als zu alt, als dass man sie einfach hätte aussondern können. Wie durch eine unausgesprochene Übereinkunft versammelten sich diese Frauen auf der einen Seite der Bäder, und Laila fühlte sich irgendwie zu ihren trägen Grüppchen hingezogen. Zuerst betrachteten sie die Gegenwart des stillen Mädchens mit den weit aufgerissenen Augen an den Rändern ihrer Gespräche mit Argwohn, denn sie war noch jung und schön genug, um sich von ihrem Herrn die eine oder andere Vergünstigung zu ertrotzen. Man ignorierte sie ganz gezielt, doch Laila war geduldig. Schließlich hatte sie nichts Besseres zu tun, als die Augen und Ohren offen zu halten, und so blühte sie unter jedem beiläufigen Lächeln auf, das man ihr schenkte. Sie verfügte über keinerlei nennenswerte Begabung auf musikalischem oder tänzerischem Gebiet, doch alle, die sie sahen, schienen zu verstehen, warum der Kislar Aga ihr erlaubte, als Odaliske ihr Leben zu fristen, ohne sie sich zu Diensten zu machen.

Die Tage waren lang und von einer unnatürlichen Untätigkeit erfüllt, doch Laila empfand die Abwesenheit von Männern als ebenso wohltuend wie die Massage, die ihr eine weniger glückliche Haremssklavin beinahe täglich angedeihen ließ. Amira war alles andere als unattraktiv, doch weil der Sultan die Wahl zwischen Hunderten von Frauen hatte, war sie dazu verdammt, gewissermaßen als Sklavin der Sklavinnen zu dienen. Laila genoss es sehr, wenn Amiras Hände langsam über ihren Körper glitten. Zunächst hatte Amira Angst gehabt, zu starken Druck auszuüben und ihr wehzutun, bis Laila ihr lachend versicherte, nichts habe sich je so gut angefühlt wie Amiras Finger, wenn sie ihre Haut kneteten. Amira war auch diejenige, die ihr vom Palast der Tränen erzählte, und schließlich verstand Laila, warum seine Konkubinen von ganzem Herzen hofften, dem Sultan möge ewiges Leben beschieden sein – weil sie auch in Zukunft sämtliche Annehmlichkeiten des Großen Serails genießen wollten.

Drei Jahre lang genoss Laila den geheimen Segen Allahs in schweigsamer Ungewissheit, bis sie eines Nachts – als der Vollmond lebhafte schwarz-weiße Muster über die stillen Körper schlafender Konkubinen warf – einen Teil ihres Körpers entdeckte, der sich ebenso leuchtend und auf geheimnisvolle Weise mächtig anfühlte wie der Gefährte der Sonne. Der Sultan hatte offenbar gar nicht gemerkt, dass ein glühendes Stück des Mondes in sie eingedrungen war und nun in den seidenweichen, fleischigen Falten zwischen ihren Beinen verborgen lag. Es war mitten in der Nacht, und sie fand einfach keinen Schlaf. Aus purer Langeweile berührte sie sich selbst und dachte dabei an die Körper anderer Frauen und daran, dass ihr eigener ihnen eines Tages stärker ähneln würde, als sie ein intensives, magisches Gefühl entdeckte, das sich zwischen ihren Beinen verbarg. Sie wusste nicht, ob es schon immer da gewesen war oder ob es sich wie ihre Brüste gerade erst entwickelte, doch das spielte keine Rolle. In jedem Fall war sie von ihrer Entdeckung ungeheuer fasziniert.

Laila begann nun, die Welt mit anderen Augen zu sehen. Sie fragte sich, warum eigentlich niemand über den atemberaubend süßen Schatz sprach, der unter ihren Schleiern und Röcken und den noch weicheren Falten ihres Geschlechts verborgen lag. Diese ansonsten so schweigsamen unteren Lippen hatten Laila Nacht für Nacht unendlich viel zu sagen, wenn sie allein auf ihren Kissen lag, weit genug entfernt von den anderen Odalisken, als dass die sanften Bewegungen ihrer Hand sie hätten stören können. Sie sehnte sich danach, mit jemandem über die Freude reden zu können, die sie übermannte, wann immer sie mit ihren Fingerspitzen entschlossen auf die knospenartige Schwellung drückte. Sie war froh, dass der Sultan sie nicht entdeckt hatte, denn wenn er es geschafft hätte, ihr dieses Gefühl zu vermitteln, hätte sie sich nur Tag und Nacht nach ihm gesehnt. Selbst wenn das Mondlicht keine Schatten warf und der Serail schwarz war wie das Maul eines Dämons, lag Laila wach und berührte sich selbst. Mit ihrer freien Hand erkundete sie ihren Körper, strich über eine ihrer zarten Brüste und zwickte neugierig ihre Brustwarze, wie sie es einst mit exotischen Früchten auf dem Marktplatz getan hatte. Es faszinierte sie, wie hart ihre Spitzen werden konnten, und den ganzen Tag über war sie sich ihrer intensiv bewusst, während sie gegen die Innenseite ihres Kleids streiften. Sie verbrachte so viel Zeit wie nur möglich in den Bädern und betrachtete die Frauen um sich herum. Der herrliche Anblick nackter Brüste, die wie Lotusblüten im Wasser schwebten, verschlug ihr den Atem. Laila kamen die Brüste wie Früchte vor, wobei ihr die kleineren und festeren noch appetitlicher und saftiger erschienen als die größeren, weicheren. Nichtsdestoweniger erzeugte jede Form und Größe tief in ihrem Innern eine merkwürdige Sehnsucht. Wenn sie sich in den Bädern aufhielt, kam ihr der Tag nun nicht mehr endlos vor. Sie weidete sich am Anblick nackter Frauenkörper, die überall um sie herumlagen wie Dünen in der Wüste, und die weichen Hügel ihrer Hinterbacken zogen ihren Blick hinunter zu den auf geheimnisvolle Weise vielversprechenden Horizonten ihrer Beine. Nachdem sie von Sklavinnen, die nur eine Spur weniger hübsch waren als sie selbst, massiert und mit Henna eingerieben worden war, leuchtete ihre glatte, vollkommene Haut golden im Licht der Lampen, und wann immer sich eine von ihnen träge auf den Rücken drehte, betrachtete Laila sie mit angehaltenem Atem.

«Verzeih mir, habe ich dir wehgetan?», kam die unvermeidliche Frage von Amira, bevor sie sie etwas sanfter massierte.

«Nein, ganz und gar nicht», erwiderte Laila lächelnd.

Nie wird sie den Tag vergessen, an dem sie zum ersten Mal freie Sicht auf das hatte, was zwischen den Beinen einer Frau lag. Ihr eigenes Geschlecht konnte sie nur von oben sehen – was eine völlig andere Erfahrung war als der Blick hoch von ihrer Massage direkt in die exotische Blüte der geheimen Lippen einer Frau, die sich leicht geöffnet vor ihr auftaten und einen peinigenden Einblick in glänzende rosige Tiefen boten, der Laila in ihrer ehrfürchtigen Verzweiflung ein lautloses Stöhnen entlockte. Ihr war, als habe ein göttliches, unendlich scharfes Schwert diesen zarten Schlitz erzeugt, bei dessen Anblick sie sich beim besten Willen nicht vorstellen konnte, wie der steinharte Kopf eines Kindes aus derart empfindlichem, zartem Fleisch ans Licht der Welt gelangen sollte. Sie wusste, dass die Frau, die ihr den Blick auf ihr Geschlecht gewährte, während sie sich träge auf den Rücken wälzte und dabei die Beine spreizte, Zahra hieß, und als diese sich aufsetzte und sie anlächelte, empfand Laila eine nie gekannte Glückseligkeit, und so lächelte sie zurück.

Sie genoss dieses Gefühl wie eine neue, bislang unbekannte Zutat auf den üppig mit Köstlichkeiten beladenen Platten, die ihnen den ganzen Nachmittag über serviert wurden. Sie verstand zwar, wovon diese neue Empfindung ausging – nämlich von der Art und Weise, wie Zahra sie anlächelte, als sie merkte, dass Laila unverhohlen die zwischen ihren Beinen verborgenen Lippen angestarrt hatte –, ohne sich aber erklären zu können, was für ein Gefühl das genau war. Umso klarer war ihr, wie es sich auf sie auswirkte: Einerseits empfand sie so etwas wie Erfüllung, während ihr andererseits plötzlich etwas Lebenswichtiges zu fehlen schien. Es war schön, aber nicht schön genug, und so war Laila zufrieden wie nie zuvor, während sie gleichzeitig in eine tiefe Rastlosigkeit verfiel …

Zahra teilte gerade eine Platte mit Essen sowie ihr klangvolles, erotisches Lachen mit einer anderen Haremssklavin, und ihrer beider Anblick erweckte in Laila ein Gefühl, als legten sich unsichtbare Hände um ihre Kehle, die ihren Druck nach und nach immer mehr verstärkten, bis sie kaum mehr Luft bekam. Sie fürchtete schon, ein Dämon versuche von ihr Besitz zu ergreifen, bis Zahra endlich in ihre Richtung blickte, noch immer lächelnd über etwas, das ihre Gefährtin soeben geäußert hatte, und dann war es, als blickte Fatima höchstpersönlich sie an mit einem so tiefen Verständnis, dass sich in ihr der Wunsch regte, vor Erleichterung loszuheulen. Doch das Mitgefühl in ihren Augen, deren Iriden wie Honig im Sonnenlicht leuchteten, hatte auch etwas Forderndes an sich, und so war Laila von diesem Moment an Zahra blind ergeben und dachte nur noch darüber nach, wie sie ihr gefallen könnte. Doch der Zauber des Augenblicks währte nur so lange, wie Zahra brauchte, um sich eine dicke purpurfarbene Dattel zwischen die Lippen zu schieben, bevor sie sich wieder ihrer Gefährtin zuwandte und Laila verwaist und freudig erregt zugleich zurückließ.

In jener Nacht fand Laila gar keinen Schlaf. Sie konnte einfach nicht vergessen, wie Zahra sie angeschaut hatte. Ihre goldenen, von dunklen Wimpern beschatteten Augen hatten von ihrem Pulsschlag Besitz ergriffen. Während Laila wie besessen zwischen ihren Beinen Hand anlegte, blendete der vielversprechende, durchdringende Blick dieser hypnotischen Augen sie erst einmal und dann noch ein zweites Mal vor Freude, was vielleicht auch der Grund dafür war, dass sie erst spät den Schatten sah, der sich lautlos durch die Dunkelheit bewegte. Da sie nicht die Absicht hatte, aufzustehen und ihm zu folgen, war sie umso überraschter, als ihr Körper genau das tat. Der Eunuch war in der mondlosen Nacht beinahe unsichtbar, doch Laila hatte ihn erspäht, und aus einem ihr unverständlichen Grund konnte ein Teil von ihr der Versuchung nicht widerstehen, der großen, breitschultrigen Silhouette in Richtung der um diese späte Stunde verlassenen Bäder zu folgen. Als ihr plötzlich wieder einfiel, dass sie mit ihrem Handeln ihr Leben aufs Spiel setzte, zögerte sie zunächst und biss sich inmitten schlafender Sklavinnen zitternd auf die Lippe, bis ihre Füße sie rasch zu der Liege führten, auf der Zahra schlief. Falls sie sie aufweckte, wüsste sie nicht, was sie sagen sollte, und deshalb hätte sie beim Anblick ihrer leeren Liege eigentlich erleichtert aufatmen sollen. Stattdessen aber war ihr, als hätte sie ein Schlag getroffen, der so tief aus ihrem eigenen Inneren kam, dass sie sich gegen den Schmerz, den sie sich selbst zugefügt hatte, nicht zu wehren vermochte.

Laila wandte sich um und folgte dem Eunuchen, der einen höchst gefährlichen Schatten auf ihr neues Glück warf. Um ein Haar hätte sie die Nerven verloren, als sie die tropfenden, hallenden Bäder betrat, die sie auf erschreckende Weise daran gemahnten, wie leicht sie, verschnürt in einen Sack, auf dem Grund des Flusses ihr vorzeitiges Ende finden konnte. Doch dann zogen die atemlosen Laute aus einem der kleinen Dampfräume sie unwiderstehlich in ihren Bann. Ihre nackten Füße verursachten keinerlei Geräusch auf den bunten Kacheln, und je näher sie dem gespenstischen Stöhnen kam, desto mehr bekam sie es mit der Angst zu tun. Ihre Augen hatten sich mittlerweile an die Dunkelheit gewöhnt, und so orientierte sie sich am schwachen Schein des Wassers, bis sie um eine Wand in den Dampfraum spähte.

Laila vergaß auf der Stelle ihre Ängste in einer Flut des Zorns darüber, dass ein Mann als Erster an den Ort gekommen war, nach dem sie sich so sehr gesehnt hatte. Die große schwarze Gestalt des Eunuchen kauerte zwischen Zahras gespreizten Beinen, als habe er mitten in der Nacht den Ruf zum Gebet vernommen. Sie brauchte das Gesicht der Frau nicht zu sehen, um zu wissen, wem er da huldigte, und obgleich der Anblick sie mit Entsetzen erfüllte, konnte ein Teil von ihr es ihm nicht verübeln. Er schien Zahra geradezu zu verschlingen, doch das Stöhnen, das über ihrem nackten Körper aus ihrer Kehle drang, klang so gar nicht nach Schmerz. Als Zahra den kahlrasierten Schädel des Eunuchen zwischen beide Hände nahm, trat Laila unbewusst einen Schritt vor, um ihr zu helfen, falls sie ihn wegzustoßen beabsichtigte, weil er ihr wehtat. Dann aber fragte sie sich, ob Zahra den Verstand verloren hatte, weil es schien, als wolle sie den unmöglich großen Kopf des Mannes in sich schieben. Sie bog den Rücken durch und stöhnte auf, und ihre prächtigen, nach oben ragenden Brüste ließen Laila vor Verlangen laut nach Luft ringen.

«Oh, bei Allah, man hat uns entdeckt!», flüsterte Zahra.

«Aber nein, Zahra, ich werde ganz bestimmt nichts sagen, ich verspreche es, wenn … wenn …»

«Was willst du, Mädchen?», fragte der Eunuch.

«Dasselbe wie du.»

Zahras Lachen war nicht lauter als das Plätschern des Wassers im benachbarten Raum. «Dann komm!», hauchte sie und breitete die Arme aus, und Laila sprang auf sie zu wie eine hungerleidende Katze. Sie hatte keine Ahnung, was sie da tat; sie wusste nur, dass in diesem Augenblick nichts anderes mehr von Bedeutung war. Als sie spürte, wie eine von Zahras Brustwarzen sich zwischen ihren Lippen verhärtete, schwanden ihr beinahe die Sinne, und die weiche Fülle ihres Busens unter ihrem gierigen Mund fühlte sich so köstlich an, dass sie jegliche Vorsicht über Bord warf und Zahras Brüste mit einer an Besessenheit grenzenden Gier zu drücken begann. Zahra stöhnte daraufhin noch leidenschaftlicher auf, und mit einem Mal verstand Laila diese wortlose Sprache, die auf beredsame Weise noch verstärkt wurde von den nassen, glucksenden Geräuschen, die der Mann erzeugte, als er seinen Heißhunger an Zahras Geschlecht stillte, während Laila wie verrückt an ihren Brüsten leckte und saugte. Doch dann musste sie feststellen, dass das Liebesspiel mit Essen wenig gemein hatte, denn je mehr sie von Zahra in den Mund und in die Hände stopfte, desto hungriger schien sie zu werden; und je mehr sie von Zahras weicher, warmer Haut genoss, desto dringlicher wurde das brennende Verlangen tief in ihrem Unterleib.

«Möchtest du wissen, wie sich das anfühlt, Laila?»

«O ja!»

«Ich möchte, dass sie mir nun Freude bereitet», erklärte Zahra, und der Eunuch stand gehorsam auf und machte den Platz zwischen ihren Beinen frei.

Einem Instinkt gehorchend, für den ihr die Worte fehlten, trat Laila blitzschnell zwischen Zahras weit geöffneten Schenkeln an seine Stelle.

«Nein, zieh erst dein Kleid aus», befahl Zahra.

«Aber …»

«Tu es!», zischte der Eunuch.

Laila stand auf, und so geschockt sie auch war, lernte sie doch schnell die großen schwarzen Hände zu schätzen, die ihr rasch aus ihrem schweren Nachtgewand halfen. Dann kniete sie sich mit der gierigen Unschuld eines Kindes, dem an einem Festtag etwas ganz Besonderes zuteil wird, nackt zwischen Zahras Beine. Sie umklammerte ihre zarten Schenkel zu beiden Seiten ihres Geschlechts und war so erpicht darauf, ihr Gesicht in diesen faszinierenden Spalt in Zahras Fleisch zu versenken, dass sie kaum den festen Griff des Eunuchen um ihre eigenen Hüften wahrnahm. Wie es sich ergab, ragte ihr Hinterteil unziemlich in die Luft, und obwohl sie sehr wohl spürte, wie der Mann ihre Backen auseinanderzog, war sie zu berauscht von Zahras duftenden Tiefen, um Einwände zu erheben. Nun war sie diejenige, die stöhnte, als sie zaghaft das heiße, feuchte Herz von Zahras Loch leckte, während der Eunuch kühn seine Zunge in ihrer ganzen, harten Länge über ihren eigenen warmen Schlitz auf und ab gleiten ließ. Als die Spitze seiner steifen Zunge energisch nach unten stieß, folgte sie dankbar seinem wortlosen Hinweis und suchte ihrerseits nach Zahras verborgenem Schatz. Und trotz der ungemütlich harten Fliesen unter ihren Knien begannen alle ihre Sinne auf eine so wunderbare Weise herumzuwirbeln, dass sie sich unwillkürlich an die Muster ihres Hochzeitskleids erinnert fühlte. Keiner der Köche des Sultans hätte ein köstlicheres Festmahl anrichten können als das, an dem Laila zwischen den zarten Schenkeln einer seiner abgelegten Konkubinen teilhaben durfte. Ihre Freudentränen vermischten sich mit Zahras köstlichen Säften, als sich ihre Lippen und ihre Zunge auf deren immer härter werdende kleine Knospe konzentrierten. Keine Traube, keine Dattel und keine Feige hatten je so saftig geschmeckt, noch waren sie je so reichlich von aromatischer Flüssigkeit umgeben gewesen. Laila fragte sich flüchtig, ob ihr eigenes Geschlecht für den Eunuchen ähnlich gut roch und schmeckte, während die Gefühle zwischen ihren Schenkeln sie an heiße Bündel von Sonnenstrahlen erinnerten, die durch die kreisrunden Öffnungen in der Mauer um das Serail fielen und das Wasser im Bad zum Glitzern brachten. Dann musste sie einen Schrei unterdrücken, als sie von einem alles verzehrenden Ansturm der Gefühle erfasst wurde, auf den keine

Erfahrung auf Erden sie jemals vorbereitet hatte. Ihr schien es, als würden sie sich alle drei auflösen und vollständig ineinander verschmelzen, als Zahra ihren Kopf packte und sie den lebhaften Tanz ihrer Zunge intensivierte, bis er durch einen erstickten Schrei von oben belohnt wurde. Das Nächste, dessen sie sich bewusst wurde, war, dass sie auf dem Rücken auf den kühlen Kacheln lag, während die große schwarze Silhouette des Eunuchen wie ein Dämon zwischen ihren Beinen kauerte und ihre Seele aus dem dunklen Loch in ihrem Körper zu saugen drohte, als wolle er sie verschlingen …

«Oh, bei Allah, hör bitte auf!», flehte sie.

«Hab keine Angst, Kleine.» Es war Zahra, die sich über sie beugte, und die treue, liebevolle Fatima füllte ihren Mund mit ihrer Brustwarze, damit sie daran saugen konnte und einen Vorgeschmack auf alle Freuden des Paradieses erhielt, die Mohammed zwar tugendhaften Männern, nicht aber den Frauen versprach, weil, wie sie, Laila, in diesem Augenblick begriff, diese Freuden bereits auf Erden existierten, nämlich in der seidenweichen, nach Lotus duftenden Haut, die wie ein Kissen ihre Sinne umfing, und in dem langen, weichen Haar, das sie liebkosend umhüllte … es gab somit keinen Grund, Angst zu haben und das Paradies der Sklavin vorenthalten zu wollen, die sich so ergeben in dem heißen, magisch glühenden Ort abmühte, wo die Horizonte ihrer Beine ineinander übergingen und sich in ein anderes Reich öffneten … in das zeitlose, blendend schöne Reich der Propheten, die zweifellos von dieser geheimen Tür gewusst haben mussten, aber – eifersüchtig, wie sie waren – nichts darüber verlauten ließen, dass diese Tür zum Paradies nur zwischen den Schenkeln einer Frau zu finden war.

***

Für mehrere Monde, die zu schön waren, um sie zu zählen, lebte Laila an Zahras Seite oder unter ihr oder über ihr, wenn sie nicht gerade mit religiöser Inbrunst am Eingang zu ihrem liebsten Tempel auf Erden kauerte – dem dunklen Heiligtum, das durchströmt war von seinem eigenen, geheimnisvollen Licht, das niemand sehen konnte, während es ihren Körper durchfloss und ihr Leben erhellte. Dann verdunkelte sich Lailas Welt, und ihr Lebenswille ging unter wie die Sonne, als der Sultan ausgerechnet Zahra einem seiner Provinzgouverneure zum Geschenk machte. Als sie zusehen musste, wie man ihre engste Vertraute in der Welt und ihre einzige Freundin für ihren neuen Herrn vorbereitete, konnte Laila nicht einmal weinen. Ihr schien es, als empfinde sie gar nichts mehr außer dieser öden, wie das Herz der Wüste scheinenden, endlos tiefen Verzweiflung, aus der, wie sie glaubte, niemals wieder wahre Gefühle erwachsen konnten. Aber Laila war noch jung. Im Winter, nachdem Zahra sie hatte verlassen müssen, ließ der Kislar Aga eine junge Sklavin aus einem fernen Land kommen, die mit ihrem sonnenbeschienenen Haar, ihrer mondgebadeten Haut und dem wilden Glanz in ihren silbernen Augen plötzlich die schöne Konkubine daran erinnerte, dass Allahs Gaben unerschöpflich sind und sie womöglich in der geheimnisvollen Wunde einer anderen Frau doch noch einmal fähig sein könnte, die Tiefe seines Mitgefühls zu empfinden.

Braut Christi

Lissabon, Portugal 1736–1755

Bis ich Stepham d'Atayde zu Gesicht bekam, war ich mit meinem Los durchaus zufrieden. Abgesehen davon, dass ich mich als jüngste von drei Töchtern keinerlei Illusionen bezüglich einer möglichen Heirat hingab, schien das Klosterleben meinem Temperament ohnehin besser zu entsprechen. War meine Mutter nicht in Hörweite (was recht häufig der Fall war, da ich die Dame nur selten zu sehen bekam), pflegte mein Kindermädchen mir zu versichern, dass ich auf das Leben, für das meine Schwestern bestimmt waren, nicht neidisch zu sein brauche. Und da sie die einzige Erwachsene war, deren Urteilsvermögen ich blind vertraute, nahm ich mir ihre Worte zu Herzen. Ich glaube auch nicht, dass es nur ein Produkt meiner Einbildung ist, wenn ich behaupte, dass das Unglück meiner Mutter mich bereits in ihrem Leib umgab, weshalb ich, kaum dass ich aus dem fleischlichen Gefängnis befreit war, auch nichts dagegen hatte, dass mir die zweifelhafte Ehre erspart blieb, einem einfachen Sterblichen zu Diensten sein zu müssen. Gewiss war unser Herr Jesus Christus meiner Treue und Verehrung unendlich viel mehr wert als der Mann, den ich bei den wenigen Gelegenheiten, bei denen er gegenwärtig war, Vater nannte.

Ich muss gestehen, dass ich reichlich Stolz empfand über meine Selbstzufriedenheit, auch wenn dieser Stolz ebenso fehl am Platze war wie ein in das schlichte Habit einer Nonne eingewobener Goldfaden. Das Fehlen einer weltlichen Aussteuer bereitete mir keine Sorgen, denn es war das kostbarere Metall meiner auf das Göttliche gerichteten Gedanken und Gefühle, das ich dem einzigen Mann darzubieten gedachte, der es je wert war, von einer Frau geboren zu werden. Wenn ich mein Unglück als Tugend verkleidete, bewies ich damit wenigstens eine gewisse seelische Stärke, und so weigerte ich mich schlicht, mich selbst in den Schlaf zu weinen und dem hoffnungslosen Fieber des Neides anheimfallen zu lassen, mit dem die Tatsache, dass meine Schwestern wohlhabende Männer geheiratet haben, mich hätte vergiften können. Aber ohne Mitgift und somit ohne jeden weltlichen Besitz redete ich mir ein, mich schon auf die bescheiden möblierte Einzelzelle zu freuen, die ich aufgrund meines familiären Status für mich würde in Anspruch nehmen dürfen, wenn ich eines Tages in den Konvent eintrat. Vielleicht ließ mich ja mein lebenslanges Wissen um das harte, aber reine Schicksal, das mich erwartete, voller Verachtung auf zarte Spitze und andere kostbare Materialien herabschauen, die meine Schwestern so leidenschaftlich begehrten. Mein Seelenfrieden war fest versiegelt wie ein Grab … hätte nicht das, was mein Kindermädchen mir heimlich ins Ohr flüsterte, jenen Teil meines Gehirns heimgesucht, den ich so gern begraben hätte, um nicht unter Hoffnungen und Träumen zu leiden, die letztlich nur zusammen mit meinem schönen Haar geopfert würden, wenn ich mein Noviziat antrat. Doch da ich sie so sehr liebte, konnte ich gar nicht anders, als dieser Schlange in meinem unschuldigen Paradies zuzuhören, als sie mir erklärte, mein Haar sei so schwarz und glänzend wie das Meer unter den Sternen und dass, falls je die Finger eines Mannes in seine weichen, fülligen Tiefen eintauchten, er zweifellos sein Herz in meinen Augen verlieren würde, die, wie sie sagte, in einem gedämpften Goldton glänzten wie der Himmel bei Sonnenaufgang. Mein Kindermädchen war bei meiner Geburt zugegen, und die Bauersfrau, die mich stillte, war eine junge Cousine von ihr, und so vertraute ich auf ihre geheimnisvolle Wahrnehmung des Körpers, mit dem zu leben ich gezwungen war, ohne dass wir jemals auf allzu ungehörige Weise miteinander vertraut gewesen wären. Oft erklärte mein Kindermädchen mir, dass ich schöner sei als jede meiner Schwestern und ein wirklicher Mann nicht danach fragen würde, ob ich eine Mitgift besaß oder nicht.

«Sind nicht alle Männer wirklich?», fragte ich, und ihr Lachen verbannte den seltsamen Zorn in ihrer Stimme und in ihren Augen, der sie manchmal überkam, wenn sie mein langes Haar für die Nacht ausbürstete.

Die einzige Gelegenheit, bei der ich mich offen gegen meine Eltern stellte, war das erste Mal, als sie mich – ich war damals zwei Jahre alt – an Allerheiligen in die große Kathedrale mitnahmen. Mein Kindermädchen begleitete mich den ganzen Weg bis zum Fuß der steinernen Stufen, die für meine kindlichen Augen aussahen, als führten sie geradewegs hoch zu einem höhlenartigen schwarzen Himmel, der vom Kerzenlicht schimmerte wie die Seelen der Gesegneten, oder waren es die der Verdammten? Ich war mir nicht ganz sicher. Bis meine Mutter mich bei der Hand nahm und versuchte, mich dazu zu bringen, dass ich ihr auf der endlos scheinenden Treppe folgte, während das einzige menschliche Wesen, das ich liebte, zurückbleiben musste. Mein Kindermädchen pflegte diese Geschichte noch jahrelang stolz zu erzählen, doch mein leidenschaftliches Geschrei drang trotz seiner Lautstärke nicht an die Ohren irgendwelcher mitfühlenden Engel, und so war ich gezwungen, meine erste endlose Messe unter Fremden zu erleiden. Meine Mutter sprach leise wütend auf mich ein, um mir zu versichern, dass mein Kindermädchen keineswegs für immer aus meinem Leben entschwunden sei, sondern einfach mit dem übrigen Gesinde im hinteren Bereich der Kirche stand, und dann quetschte sie meine Finger schmerzhaft in ihrer Hand, um zu verhindern, dass ich auch weiterhin auf der Suche nach dem Kindermädchen über die Schultern nach hinten schaute. Dann sah ich, wie Christus sich über uns erhob, und sein Anblick dämpfte mein erbärmliches Geschniefe, während ich in ehrfürchtiger Verblüffung zu ihm hochsah. Er überragte all die Männer und Frauen und Kinder unter ihm und regierte über uns an seinem Kreuz, das sich über die Galerie erhob, von der aus man den Eingang zur Kathedrale im Blick hatte. Wie anders hätte ein unschuldiges Mädchen auch reagieren können als mit einer Mischung aus Furcht und freudiger Erregung darüber, dass sie dazu bestimmt war, eine Braut des einzigen Mannes zu werden, den sie jemals fast vollkommen nackt gesehen hatte? Und er war nicht nur nackt – er war verletzlich und litt Schmerzen, ohne sich wütend gegen sein Schicksal zu stemmen, und seine unterwürfige Bereitschaft zu vergeben zeugte von grenzenloser Stärke und unendlichem Mitgefühl. Das Blut, das von seinen dornengekrönten Schläfen sowie aus seinen empfindlichen Handflächen und seinen knochigen Füßen tropfte, war so leuchtend rot, wie ich es herrlicher nie gesehen hatte. Die Farbtöne seiner Haut waren dunkel wie bei einem Sonnenuntergang, sein dunkelbraunes Haar glänzend wie nasse, von Wagenrädern durchfurchte Erde. Nie zog ich den geringsten Trost aus den kalten, entrückten Darstellungen der von Kopf bis Fuß in makellose blau-weiße Gewänder gekleideten Jungfrau, an der keine Spur vom leidenschaftlichen Blut ihres Sohnes zu entdecken war. Ich erinnere mich noch, wie meine Schwestern andächtig flüsternd den kunstvoll gefertigten großen Heiligenschein um den Kopf der Madonna bewundert hatten, glaube aber, dass sie nur von der Menge an Gold beeindruckt waren, die zu seiner Herstellung erforderlich gewesen war. Christus war nun allmächtig, und die kalte und massige Steinkirche – erfüllt von Hunderten flackernder Kerzen, die sie nicht zu erwärmen vermochten, aber überall dämonenfreundliche Schatten warfen – war lediglich eines seiner vielen prächtigen Häuser, und doch blieb er für immer gekreuzigt, festgenagelt im schrecklichsten Augenblick seines Lebens, bevor er von den Toten auferstand. Als ich mein Kindermädchen danach fragte, riet sie mir, nicht so viel nachzudenken, denn dies zieme sich nicht für eine Dame – eine Anmerkung, die meinen Widerspruch geradezu herausforderte, so gut ich mich ansonsten auch mit ihr verstand.

«Aber ist es denn nicht seltsam, dass jeden Sonntag reiche und prächtig gekleidete Männer vor einem armen, fast völlig nackten Mann auf die Knie fallen?», bohrte ich nach.

«Schäm dich, Maria! Du sprichst hier von unserem Erlöser!»

«Aber meinst du nicht, er muss es schrecklich müde sein, ständig am Kreuz zu hängen? Oder kommt das daher, dass diese Meisterschnitzer sich nicht vorstellen können, wie er aussah, nachdem er von den Toten auferstanden und in den Himmel gefahren ist?»

«O Kind, wüsste ich es nicht besser, würde ich sagen, dass deine Mutter dem Leibhaftigen beigewohnt haben muss, als du gezeugt wurdest, denn wie könntest du sonst solche Dinge von dir geben! Christus am Kreuz soll uns daran erinnern, dass das ganze Leben nur aus Kummer besteht und kein irdisches Glück ewig währt.»

«Aber das glaubt doch wohl niemand wirklich, oder?»

Mein Kindermädchen aber bekreuzigte sich nur und murmelte: «Gute Nacht, Kleines!», bevor sie hastig die Vorhänge zuzog und mich für die Nacht allein in meinem Bett zurückließ.

★★★

Ich war schon drei Jahre mit Christus verheiratet, als ich zum ersten Mal Senhor Stepham d'Atayde sah. Ich ging gerade durch einen der Innenhöfe des Konvents auf einen Brunnen zu, aber nicht, weil ich durstig war. Mir gefiel es, im dunklen Spiegel des vom Himmel erleuchteten Wassers mein fernes Abbild zu betrachten und meine formlose Silhouette im weiten, schweren Habit, gefolgt von den weit entfernten Strahlen meiner Finger, wenn ich die Hand hob und so weit wie möglich spreizte – den einzigen Teil meines Körpers neben dem weißen Mond meines Gesichts, welcher der Sonne ausgesetzt war. Mir schien es, als sei meine Seele dort unten im gespiegelten Himmel, wobei mein tatsächlicher, über den steinernen Rand des Brunnens gebeugter Körper mir seltsamerweise weniger wichtig erschien als die unverwundbaren Umrisse meines Schattens. Meine Tage flossen in einem gewohnheitsmäßigen Trott dahin, der so alt und abgeschliffen war wie die steinernen Kreuzgänge des Klosters, und wichen nie ab vom harmonischen Pfad meines Dienstes an einem höheren Ideal – weit höher als die Ideale, die in den Köpfen weltlicher Frauen herumspukten. Die strenge Erhabenheit meines neuen Zuhauses empfand ich als durchaus angenehm, und die ruhigen, oft sehr tiefgehenden Gespräche, die ich mit meinen Schwestern in Christos führte, wirkten, verglichen mit dem eitlen Geschwätz meiner Blutsverwandten, die ich zum Glück nie wieder zu Gesicht bekam, beruhigend auf meine Seele. Mein Kindermädchen hingegen hätte ich sehr vermisst, wäre sie nicht schon seit fünf Jahren tot gewesen und im Geiste immer bei mir.

Ich ging also über den Hof zu meinem Lieblingsbrunnen, als sich plötzlich eine der schweren schwarzen Türen im Kreuzgang um den Hof öffnete. Aus dem Raum, in dem unsere Äbtissin Besucher aus der Außenwelt empfing, trat ein Mann. Ich war mir nicht bewusst, dass ich stehen blieb und ihn beobachtete, als er die Tür hinter sich schloss, und doch muss ich es getan haben, denn ich erinnere mich noch ganz genau an die scharfen Konturen seines Profils, auf dem sich ein Ausdruck heftigen Missfallens abzeichnete, der mich in meinem innersten berührte wie eine harte Steinmauer, gegen die mein weiches Habit streifte –

außer dass ich diesen unsichtbaren Kontakt nicht einfach auf beiläufige Art ignorieren konnte. So starrte ich ihn an, als er durch den Gang auf mich zukam, sein ledernes Wams und seine Stiefel erst eingerahmt von einem offenen Bogen, dann von einem weiteren und noch einem, während ich mir der merkwürdigen Tatsache bewusst wurde, dass mein Herz im Rhythmus seiner Schritte schlug. Er war groß und breitschultrig, und der dünne, exakt gestutzte schwarze Bart nahm meinen Blick gefangen. Er sah mich nicht, wie ich da am Brunnen stand, als er vorüberging. Ich war unsichtbar wie ein von nichts geworfener Schatten, und aus irgendeinem Grund empfand ich das als unerträglich.

«Senhor», sprach ich ihn an.

Er blieb stehen und drehte sich nach meiner Stimme um.

Unsere Blicke trafen sich, und ich wollte ihn zwingen, meine Augen so zu sehen, wie mein geliebtes Kindermädchen sie beschrieben hatte, nämlich als das goldene Licht der Morgendämmerung am Horizont … Ich versuchte sogar, ihn durch die pure Kraft meines Willens dazu zu bringen, in mein Gesicht zu sehen, obgleich mein weißes Brusttuch und mein schwarzer Schleier meine Züge verschwimmen ließen und meine Schönheit überschatteten. Er sprach kein Wort, aber das beredte Schweigen, mit dem er meinen Blick erwiderte, sagte weit mehr als alle Worte. Dann aber, mit meinem nächsten Atemzug, der mir merkwürdig schwerfiel, kam mir wieder zu

Bewusstsein, dass ich nicht mit einem Mann allein sein, geschweige denn mit ihm sprechen durfte.

«Vergebt mir!», stieß ich hervor und rannte aus dem Hof.

An jenem Abend beschlich mich bei der Andacht das Gefühl, nachvollziehen zu können, was Eva empfand, als die Schlange sie in Versuchung führte, während ich mich dabei ertappte, wie ich an die feste, aber dennoch geschwungene Linie der Lippen des Mannes denken musste, so provozierend eingerahmt von seinem nachtschwarzen Bart. Als mir, kurz bevor ich vor ihm wegrannte, plötzlich klargeworden war, dass ich eine Sünde beging, indem ich mit ihm allein war, hatte ich gesehen, wie sich seine Mundwinkel ganz leicht nach oben zogen zur zartesten Andeutung eines Lächelns, wie Satan es aufgesetzt haben mochte, als Eva zum ersten Mal in den Apfel biss.

***

Ich versuchte, den Mann aus meinem Kopf zu verbannen, erreichte damit aber nur, dass mir die Hartnäckigkeit der Versuchung bewusst wurde. Obgleich ich mir kaum auszumalen vermochte, was ich versucht sein könnte, mit ihm zu tun, lag ich in der Nacht lange wach und dachte über ihn nach. Gewiss verspürte ich keinerlei Verlangen, ein Kind zu empfangen, zumal ich meine Schwestern nicht eine Sekunde lang um ihre lärmenden, schmutzigen kleinen

Bälger beneidet hatte. Die selbstgenügsame Disziplin des Klosterlebens war weit mehr nach meinem Geschmack, als die Bedürfnisse selbstsüchtiger kleiner Kreaturen befriedigen zu müssen, die meine Brüste wund kauten und sich über mich erbrachen. Somit ersehnte ich diesen Mann nicht als Vater der Kinder, die ich niemals haben würde, doch im Laufe der Tage (und der noch längeren Nächte) konnte kein Zweifel mehr daran bestehen, dass ich mich nach *etwas* an ihm sehnte. Natürlich hatte ich von Frauen gehört, die sich aus purer Wollust mit Männern vereinigten – verlorene Seelen, die, wie mein Kindermädchen mir zugeflüstert hatte, nicht nur nach dem Körper eines Mannes gierten, sondern auch nach seinem Geld. So sah ich mich wohl oder übel gezwungen, mich mit der widerwärtigen Möglichkeit auseinanderzusetzen, dass es sich bei dem, was ich mir von diesem großen, attraktiven Adligen ersehnte, um die geheimnisvolle Kraft handelte, die in seiner Kniehose schlummerte. Ich kannte zu jener Zeit noch nicht einmal seinen Namen und konnte mich nicht nach ihm erkundigen, ohne die Stärke meines Interesses an ihm zu verraten und womöglich die gefährliche Tatsache, dass ich für ein paar Augenblicke allein mit ihm gewesen war und sogar mit ihm gesprochen hatte. Falls die Äbtissin den Verdacht hegte, dass es einer ihrer jungen Nonnen nach einem Mann gelüstete, würde sie ihr zweifellos als Strafe unzählige Gebete und endlose weltliche Arbeiten auferlegen. Vielleicht aber würde die Strafe leichter zu ertragen sein als das schreckliche, wie Durst unstillbare Verlangen, für das mir der Becher an Erfahrung fehlte, aus dem ich auch nur die Vorstellung von Erlösung hätte trinken können. Zudem mischte sich in meine obsessive Erinnerung an den Mann im Innenhof die Angst, dass ich ihn womöglich nie wiedersehen würde und die wenigen Augenblicke, als unsere Blicke sich trafen, die einzige Gelegenheit bleiben würden, bei der ich ein Gefühl empfunden hatte wie niemals zuvor oder danach.

So lag ich nachts in meinem kleinen Bett, erfüllt von einer unerklärlichen Sehnsucht, die so heftig war, dass es mir wie ein Wunder erschien, wenn der Schlaf mir schließlich doch ein gewisses Maß an Seelenfrieden gewährte … bis ich dann eines Nachts in meiner Ruhelosigkeit die Bettdecke zurückschlug und, bekleidet nur mit meinem Unterkleid, das ich niemals auszog, meine Zelle verließ. Mein nachgewachsenes Haar, das offen in dunklen Wellen über meinen Rücken fiel, schien sich danach zu sehnen, dass die starken Finger eines Mannes es durchkämmten. Die kalten steinernen Flure waren still und leer. Niemand sah mich oder hätte sich auch nur träumen lassen, dass ich hier außerhalb meiner Zelle umherwandelte, als ich mich lautlos auf nackten Füßen in den Hof und zu meinem Lieblingsbrunnen schlich. Seit ich den Mann gesehen hatte, war ich jeden Tag dort gewesen und hatte die reichlich närrische Hoffnung gehegt, er würde wiederkommen. Ich starrte auf die schwarze

Tür, aus der er gekommen war, mit einer Sehnsucht, die in meiner Brust schmerzte wie eine unsichtbare Wunde, die ich ebenso verzweifelt wie vergeblich mit reinen Gedanken auszubrennen versucht hatte, und spürte ein Verlangen, das wie unsichtbares Blut aus mir floss und meine Entschlossenheit schwächte, nicht mein Seelenheil aufs Spiel zu setzen, indem ich mich der schrecklich süßen Qual dieser fatalen Besessenheit hingab.

Das Licht des Vollmonds fiel in den leeren Innenhof des Konvents und erhellte auch noch den kleinsten Riss in den steinernen Bodenplatten, als ich mich der Stelle näherte, wo er mich gesehen hatte, und dabei nie den Blick von der schwarzen Tür ließ, die nicht ins Studierzimmer der Äbtissin zu führen schien, sondern in einen finsteren und unwiderstehlichen Vorraum der Hölle, die ich ganz bewusst der Erlösung vorzog. Wenn sich nun die Tür öffnete, wäre meine Seele zweifellos verloren …

Wie ein lautloser Schrei schien das Mondlicht auf meiner Haut zu vibrieren, als in der Stille der Nacht plötzlich das Knarren jahrhundertealter Scharniere an mein Ohr drang, geölt vom schnellen Schlag meiner Zunge an meine Lippen, während ich den Atem anhielt und ebenso sehnsüchtig wie ängstlich sah, wie sich die schwarze Tür öffnete und ein großgewachsener, breitschultriger Mann aus der dahinterliegenden, undurchdringlichen Dunkelheit trat. Sein Bart zeichnete sich schwarz wie die Risse in den Bodenplatten von seiner blassen Haut ab. Ich konnte seine Augen nicht sehen, als er rasch den offenen Gang durchmaß, doch diesmal wusste ich, dass er mich sehen würde. Er nahm die Stufen hinunter in den Hof mit einer derart zielgerichteten Selbstsicherheit, dass ich vor Angst nach meinem Unterhemd über meinem Herzen griff, doch ich lief nicht vor ihm davon. Es war ein Schock, der nicht überraschend kam, als er meinen Körper grob an den seinen zog. Ich war in seiner Umarmung gefangen und verängstigt, weil die Kraft seiner Arme so gar nicht mit liebevoller Zuneigung erfüllt schien. Vielleicht hätte ich in diesem Augenblick noch Widerstand leisten können, doch es war zu spät. Er packte eine Handvoll meines Haars, zwang mich, ihm ins Gesicht zu blicken, und drückte dann hart und schmerzhaft seine Lippen auf die meinen, bis ich Letztere öffnete und mich dem Eindringen seiner warmen Zunge unterwarf.

Niemand außer meinem Kindermädchen hatte meinen Körper jemals intim berührt, und ihre Hände hatten mich nie so erkundet wie die seinen, grapschend und streichelnd und drückend, während er mich so fest an sich presste, dass ich mir vorstellen konnte, wie die Frau aus den Rippen eines Mannes entstanden war, so verzweifelt schien er meinen Körper mit dem seinen vereinigen zu wollen, und plötzlich merkte ich, dass ich mir ebenso verzweifelt wünschte, es möge ihm gelingen. Während mein Mund schamlos von seiner forschenden Zunge erfüllt war, zeichnete ich die seidige Spur seines Bartes sanft mit den Fingerspitzen nach und spürte, wie er zitterte und sich gegen sie drückte, als er mich fast wütend küsste – weitaus intensiver, als ich jemals jemanden zu mir oder zu jemand anderem über etwas hatte sprechen hören. Ich schmeckte schwache Spuren dessen, was er zum Abendessen gehabt hatte, und lenkte mich von meiner Angst vor dem, was mir widerfuhr, dadurch ab, dass ich die Zutaten zu erraten suchte … ein mit Rosmarin gebratenes Federvieh, heruntergespült von feinem, zehn Jahre altem Portwein … aber der Geschmack seiner Zunge war ganz sein eigener, und so fordernd sie auch war, fand ich sie doch befriedigender als jedes Essen. Dann wanderten seine Hände nach unten und begannen, durch mein Unterkleid hindurch meine Hinterbacken auf eine Weise zu kneten, die mir das Gefühl gab, dass er noch immer hungrig war und mich zum Nachtisch haben wollte, auch wenn ich wusste, dass sein Hunger gänzlich anderer, weitaus sündigerer Natur war. Wie die Finger dieses Mannes sich fast schmerzlich in mein Fleisch gruben, hatte nichts gemein mit der sanften Art und Weise, in der mein Kindermädchen mir einst beim Baden behilflich gewesen war. Ich hielt die Luft an, doch die wurde sogleich in seine Brust gesaugt, so entschieden weigerte er sich, mich aus seinem erstickenden Kuss zu entlassen. Er umklammerte eine meiner Hinterbacken mit seiner linken Hand und schob die rechte zwischen meine Beine. Auf einmal fühlte sich mein

Unterkleid so dünn wie Nebel an, und es bot keinen Schutz, als seine Finger dreist den verbotenen Ort zwischen meinen Schenkeln erforschten; vielmehr wurde es feucht und warm und haftete an mir wie ein Dunstschleier, der mir zu Kopf stieg und mir zugleich auf schamloseste Weise die vollen, weichen Konturen meines Geschlechts bewusst machte …

Ich ließ die Hände von seinem Gesicht auf seine Schultern hinabgleiten und konnte mich gerade lange genug von seinem Kuss losreißen, um hervorzustoßen: «Oh, Senhor, was macht Ihr da?»

Tief aus seiner Kehle drang ein Knurren wie von einem der Jagdhunde meines Vaters, aber gefährlicher, denn wie ein Wolf war er sein eigener Herr, und niemand konnte ihm befehlen, mich zu verschonen. Ich spürte, wie meine nackten Füße vom Boden abhoben und meine Zehen nach unten zeigten, als wäre ich in den Heiligenstand erhoben und auf dem Weg zu den himmlischen Heerscharen. Einen wilden Augenblick lang dachte ich schon, dass die Engel sich vielleicht meiner unschuldigen Seele erbarmen und mich aus den Klauen des Teufels retten würden, bis ich den harten Rand des Brunnens spürte, als er mich auf ihm absetzte. Ich sah zu, wie seine starken Hände das Hemd über meiner Brust packten und mich zu ihm zogen, und warf den Kopf in den Nacken, als er es vorne aufriss. Doch das schien ihm noch nicht zu genügen. Ich war auf diese Weise erst halb enthäutet und wusste, ohne recht zu verstehen, was es genau bedeutete, dass er die Absicht hatte, mich vollständig in Besitz zu nehmen. Mir war auch klar, dass ich nichts dagegen tun konnte, selbst wenn ich es gewollt hätte, zumal ich mir keineswegs sicher war, ob ich das überhaupt wollte. Er riss mich hoch auf die Füße, und mein Unterkleid fiel von meinem Körper ab wie eine geisterhafte Widerspiegelung der Schwäche, die mich ergriffen hatte, während ich zitternd vor ihm stand, weil ich unmöglich eingestehen konnte, dass die unkeusche Art, wie sein Blick Teile meines Körpers liebkosten, die nur Gott hätte sehen dürfen, mich in ihren Bann schlug. Seine Hände lösten ihren besitzgierigen Griff auf meinen Armen, als er einen Schritt zurücktrat, um mich anzuschauen.

«Bitte lasst mich gehen, Senhor, bitte!», bettelte ich, während ich mein Geschlecht mit der einen Hand bedeckte und verzweifelt versuchte, mit der anderen meine Brüste zu verbergen – eine vergebliche Geste, denn er packte einfach meine Handgelenke, zog sie von meinem Körper weg und streckte meine Arme zur Seite, als wolle er mich kreuzigen, und seine Grobheit ließ mich auf geheimnisvolle Weise entspannen, während sich ein stechendes, brennendes Gefühl in meinen Bauch bohrte wie ein göttlicher Nagel … wenn er die Absicht hatte, mich auf dem Altar der Sünde zur Märtyrerin zu machen, war eine unterwürfige, verzeihende Barmherzigkeit meine einzige Hoffnung, der ewigen Verdammnis zu entgehen – ein sündiger Gedanke, der mir aber irgendwie sinnvoll erschien in diesem Ansturm verführerisch neuer Gefühle, die meine ganze Aufmerksamkeit in Anspruch nahmen, als er, noch immer meine Handgelenke fest im Griff, den Kopf zu meinen Brüsten beugte. Die Spitze eines meiner zarten fleischigen Hügel verhärtete sich unter der warmen Berührung seiner Lippen, und aus der Tiefe meines Unterleibs drang ein Stöhnen, das meinen Körper auf dem ganzen Weg von der Stelle zwischen meinen Beinen bis hinauf zu meinen Brüsten von innen zu versengen schien. Dann ließ er meine Handgelenke los, um auf grobe Weise meinen Busen zu liebkosen, während er in meine Brustwarzen biss und sie leckte, wie besessen zwischen beiden hin- und hergerissen, und trotzdem streckte ich weiterhin die Arme zur Seite wie unsichtbar gekreuzigt und bot ihm, willentlich und mitleidsvoll, meinen Körper dar und schob ihm meine Brüste unkeusch in den Mund. So stark saugte er an ihnen, dass sich mir wie in einer schmerzlichen Offenbarung das göttliche Antlitz der Wonne zeigte und ich wünschte, er möge mir noch mehr wehtun und etwas gnadenlos, unnachgiebig Hartes in meinen weichen, nachgiebigen Körper treiben, als wolle er mich festnageln … Mein wachsendes Verlangen, mich seiner gewalttätigen Wollust zu opfern, war derart intensiv, dass ich die Augen schloss und erwachte.

★★★

Den Namen des Mannes erfuhr ich drei Monate später, als er seine Schwester besuchen kam, die sich darauf vorbereitete, Nonne zu werden. Ich war angewiesen, eine junge Novizin im Kräutergarten zu betreuen, wo sie ihren Bruder empfangen sollte, und ohne mir etwas dabei zu denken, trat ich ein paar Schritte hinter ihr aus dem düsteren Korridor in den grellen nachmittäglichen Sonnenschein. Geblendet von der plötzlichen Helligkeit, blinzelte ich hilflos, während sie sich freudig dem wartenden Mann in die Arme warf. Sie trennten sich gerade aus ihrer geschwisterlichen Umarmung, als ich sein Gesicht sah.

«Schwester Maria, das ist mein Bruder, der Senhor Stepham d'Atayde», stellte Yelena ihn mir fröhlich vor.

Ich sah an seinen Augen, grau wie die Bausteine einer Kathedrale, dass er mich wiedererkannte. Wir starrten einander einen langen Augenblick an, und meine Kehle schloss sich fest um alle möglichen höflichen Worte, die ich hätte äußern können.

«Maria ...» Seine tiefe, ruhige Stimme schien meinen Namen zu genießen wie einen Schluck alten Portweins. «Ist das Euer richtiger Name, Schwester?»

Die Frage war durchaus angebracht, denn viele Frauen nahmen einen anderen Namen – meist den der Heiligen Jungfrau – an, wenn sie zur Braut Christi wurden. «Das ist der Name, auf den ich getauft wurde, mein Herr. Mein Vater ist Senhor Rodrigo de Cunha.»

«Er *war* Euer Vater, Schwester Maria!», stieß Yelena empört hervor. «Jetzt ist Christus sowohl Euer Vater als auch Euer Ehemann!»

Erneut starrten Stepham und ich einander schweigend an. Ich hatte das Gefühl, als offenbarten sich ihm meine Träume in meinen Augen, und als er dann lächelte, wie er es getan hatte, als ich von ihm weggerannt war, ging ich davon aus, dass meine Seele verloren war, und es störte mich nicht im Geringsten.

Derweil zupfte Yelena an seinem Ärmel wie ein Kätzchen, das um Aufmerksamkeit buhlt.

Ich schaffte es, den Blick von seinem Gesicht zu wenden und ging zu einer steinernen, fast vollständig von Rosmarin überwucherten Bank. Ich war froh über die Stütze, als meine Knie nachgaben und ich atemlos meinen ersten unkeuschen Traum noch einmal durchlebte, noch einmal den Rosmarin auf seinen Lippen und seiner Zunge schmeckte. Undeutlich hörte ich, wie Yelena ihm begierig Fragen nach ihrer Familie stellte, und ich konnte ihr nicht verübeln, dass sie sich mehr für die Hunde und Pferde zu interessieren schien, die sie zurückgelassen hatte, als für das Wohlergehen ihrer Eltern.

«Ich hole dich hier heraus, Schwester», erklärte er abrupt. «Ich verspreche dir, dass ich eine Möglichkeit finden werde.»

Ich hielt den Blick auf die in meinem Schoß gefalteten Hände gerichtet und ballte sie zu Fäusten, während ich dem überwältigenden Verlangen widerstand, ihn anzusehen.

«Oh, mein Bruder, du verstehst mich nicht. Ich bin hier glücklich, glaub mir doch. Es ist nicht annähernd so schrecklich, wie du denkst …»

«Du bist doch noch viel zu jung, um zu begreifen, was du versäumst, Yelena.»

Ich konnte es nicht länger ertragen, ich musste ihn einfach ansehen, und er schien die Berührung durch meine Sehnsucht zu spüren, denn er drehte den Kopf zu mir um. Diesmal hielten seine Blicke die meinen so gewaltsam fest wie Hände und machten es mir unmöglich wegzuschauen, und insgeheim dankte ich ihm dafür, dass er mir die Qual der Wahl abgenommen hatte.

«Maria weiß, was ihr fehlt», erklärte er mit ruhiger Stimme. «Nicht wahr, Maria?»

«Ich weiß nicht, was Ihr damit sagen wollt, Senhor», hörte ich mich selbst mit einer widerspenstigen Schärfe im Tonfall sagen, die, wie mein Kindermädchen mich mehrfach gewarnt hatte, einer Dame gar nicht gut stand – aber da ich nun eine Braut Christi war, spielte das keine Rolle mehr.

Er dachte über meine Erwiderung nach, während er mir noch immer tief in die Augen blickte, und als er wieder das Wort ergriff, milderte keine Spur eines Lächelns den harten Ausdruck in seinen Augen. «Ich zweifle nicht an Eurer Tugendhaftigkeit, Maria», meinte er mit Blick auf meine krampfhaft gefalteten

Hände, «aber ich habe das Gefühl, dass Ihr es gerne wissen möchtet.»

«Kennt ihr euch von früher?», fragte Yelena argwöhnisch.

«Nein», erwiderte er rasch, um mich zu schützen, wie mein Kindermädchen es immer getan hatte, wenn ich etwas angestellt hatte, für das ich von meiner Mutter Strafe zu erwarten hatte, und von diesem Augenblick an wusste ich mit der Sicherheit einer Offenbarung, dass ich ihn liebte.

***

Er nannte mich nicht Schwester Maria … Er nannte mich bei meinem Namen, Maria … Er sah die Frau, die im Habit verborgen war … Er nannte mich Maria …

Ich war unfähig, über diesen Gedanken hinauszugehen, vielleicht weil ich wusste, dass es nichts gab, wohin ich hätte gehen können. Irgendwie schien dieser Mann meine Gefühle zu verstehen, und ich liebte ihn dafür, und das war alles, worauf es für mich ankam, auch wenn ich nicht verstand, wie das überhaupt sein konnte. Ich betete nicht zu Gott um Vergebung, weil ich – halsstarrig, wie ich war – nicht wirklich glaubte, dass ich seinem Sohn untreu wurde. Christus hatte doch gesagt, er sei in jedem Menschen, und deshalb schien mir die wahre Sünde darin zu bestehen, überhaupt nie geliebt zu haben. Ich fragte mich, was mein Kindermädchen dazu sagen würde, und tadelte sie insgeheim dafür, dass sie mir nie erklärt hatte, dass ein solches Gefühl möglich war. Ich vermute, dass sie nur versuchte, mich vor dem zu schützen, was ich niemals haben konnte, aber wenn sie mich wenigstens andeutungsweise auf diesen weltlichen Zustand der Gnade hingewiesen hätte, dann hätte ich etwas unternehmen können, um zu verhindern, von meinem Vater in einem Kloster lebendig begraben zu werden. Bestürzend vertraute Teile der Heiligen Schrift schienen plötzlich voller verborgener Hinweise, die mir zuvor nie aufgefallen waren. Es war Maria Magdalena, die als Erste Christus nach seiner Auferstehung von den Toten sah; ihr erschien er, und so hegte ich die Hoffnung, er würde nichts dagegen haben, wenn ich mein Herz mit einem in Sünde empfangenen Mann teilte. Ich weiß nicht, was ich erwartete – vermutlich nichts angesichts der Umstände –, und doch musste irgendetwas entstehen aus dem Gefühl, das seine Augen so tief in meinem Inneren erzeugt hatten und das bewirkte, dass ich, wenn ich wach war, nichts anderes mehr sehen konnte als sein Gesicht und mich des Nachts oft schweißgebadet im Griff meiner Träume wand, die sich alle um seine Lippen und Hände drehten – Träume, die immer endeten, bevor ich mich willentlich einem Märtyrertum unterwarf, für das ich keine Bilder hatte, denn alles, was ich wusste, war, dass es nur von ihm kommen konnte.

Zwei Wochen, die mir wie eine Ewigkeit erschienen, vergingen, bevor Stepham seine Schwester ein weiteres Mal besuchen kam, und er sorgte dafür, dass ich sie ein weiteres Mal zu beaufsichtigen hatte. Die Äbtissin rief mich in ihr Studierzimmer, um mich darüber zu informieren, dass Senhor Stepham die Güte besessen hatte, mir eine Nachricht von meinen Eltern zu überbringen, die irgendwo unterwegs waren und mich deshalb nicht selbst besuchen konnten. Ihre kleinen schwarzen Augen betrachteten mich aufmerksam, als sie mir das erklärte, denn sie wusste ganz genau, dass meine Familie wenig Interesse an meinem Wohlergehen gezeigt hatte, seit ich ins Kloster eingetreten war, und mich in die Hände Gottes gegeben hatte, damit dieser mit mir machte, was immer er wollte. Zugleich aber konnte sie unmöglich Senhor Stepham rüde davon abhalten, eine Pflicht zu erfüllen, die er ehrenhafterweise auf sich genommen hatte. Yelena und ich wurden diesmal jedoch nicht in den Kräutergarten geschickt, sondern in einen Raum, in dem bereits ein Feuer loderte, denn trotz des sonnigen Morgens lag an jenem ersten Tag im November eine gewisse Kühle in der Luft. Hoch über unseren Köpfen erhoben sich steinerne Bögen, und marmorne Wände – zur Hälfte mit weißen Kacheln verkleidet, auf denen in Blau Lissabons wechselhafte Geschichte dargestellt war – ließen mich in meinem schweren wollenen Habit erschaudern. Der Kamin war fast so groß wie meine Zelle, und ein halber Baumstamm brannte in ihm, ohne aber die Kälte des Raumes ganz vertreiben zu können.

Diesmal stürzte Yelena sich nicht freudig in die Arme ihres wartenden Bruders. Nun, da der Zeitpunkt näher kam, an dem sie den weißen Novizinnenschleier absetzen und die düstere rabenschwarze Tracht von Jesus' jungfräulichem Harem anlegen musste, hatte ihr tapferes Lächeln merklich an Strahlkraft eingebüßt.

Stepham begrüßte seine Schwester mit liebevoller Besorgnis. Er nahm sanft ihr Kinn zwischen Daumen und Zeigefinger und drehte ihren Kopf hin und her, während er ihre Miene oder ihre Gesichtsfarbe oder beides studierte, ich war mir da nicht sicher. Gewiss war ich mir nur des Gefühls, das in mir brannte, als ich sie zusammen sah und darauf wartete, dass er mich anblickte. Die schreckliche Möglichkeit, dass er sich tatsächlich einverstanden erklärt hatte, eine Nachricht von meinen Eltern zu überbringen und dies nicht etwa als Ausrede dafür erfunden hatte, um mich wiedersehen zu können, machten mich unglücklicher, als ich es je im Leben gewesen war. Ich trat höflich beiseite, wandte aber den Blick nicht ab, als Bruder und Schwester einander höflich auf beide Wangen küssten.

«Wie geht es dir, Yelena?», fragte er sanft, und ich hegte den auf merkwürdige Weise erregenden Verdacht, dass er mich ganz gezielt ignorierte und mir auf diese Art – und nicht etwa dadurch, dass er mich mit einer nur beiläufigen Begrüßung abspeiste – etwas sagen wollte, was zu hören ich mir sehnlicher wünschte als alles andere auf der Welt. Sämtliche himmlischen Engelschöre konnten nicht so beredt sein wie dieses geheimnisvoll bedeutungsschwere Schweigen und dieser Mangel an Aufmerksamkeit mir gegenüber.

«Mir geht es gut, Bruder», erwiderte Yelena, doch jeder, der sie zwei Wochen zuvor mit ihrem Blutsverwandten hatte sprechen hören, hätte aus ihrem teilnahmslosen Tonfall geschlossen, dass sie krank sein musste.

«Aber nein, es geht dir gar nicht gut, das sehe ich doch.» Er zog sie näher zum Feuer, während er mir den Rücken zuwandte, und ich wusste, was all die armen Seelen im Fegefeuer zu erleiden hatten, als ich mich fragte, ob ich mir vielleicht das tiefe, stille Einverständnis zwischen uns beiden nur einbildete. Vielleicht war er sich meiner Gegenwart ja gar nicht bewusst …

Er packte Yelenas Oberarme so heftig, wie er die meinen im Traum ergriffen hatte, und sie blickte mit derselben Hilflosigkeit in sein ernstes Gesicht hoch, die ich empfunden hatte, nicht wagend zu hoffen, nicht wagend zu verlangen und doch unfähig, das Bedürfnis zu fühlen zu unterdrücken. «Es gibt da eine Möglichkeit», sagte er entschieden, und endlich schaute er mich an, «aber du musst mir vertrauen.» Er blickte mir weiter fest in die Augen, als er ganz ruhig erklärte: «Ihr beide müsst mir voll und ganz vertrauen. Willst du wirklich für den Rest deines Lebens hierbleiben, Yelena?», fragte er, sah dabei aber nicht seine Schwester an.

Sie blickte zu der Stelle herüber, wo ich, die Hände in meinem Habit gefaltet, stand, denn schließlich musste sie fürchten, dass ich der Äbtissin von diesem unerlaubten Gespräch berichten würde, sobald ihr Bruder den Konvent wieder verlassen hatte.

«Antworte ihm, Yelena», forderte ich sie mit ruhiger Stimme auf. «Ich verspreche, nichts von dem, was du fühlst, irgendjemandem zu verraten.»

Ihr Blick wanderte von mir zum Gesicht ihres Bruders und wieder zurück. Ganz offensichtlich zweifelte sie an meiner Aufrichtigkeit und war verwirrt von der Tatsache, dass wir miteinander gemeinsame Sache machten.

«Yelena!» Er schüttelte sie sanft und zwang sie, ihn anzusehen. «Sag mir jetzt, willst du wirklich für den Rest deines Lebens hierbleiben?»

«Aber was können wir denn dagegen tun?», stieß sie verzweifelt hervor. «Ich bin doch Christus versprochen. Ich würde große Schande über meine Familie bringen, wenn ich –»

Er schüttelte sie erneut, diesmal weniger sanft. «Hast du Vertrauen in mich, Schwester?», fragte er.

«Ja!», hauchte ich.

Beide blickten zu mir herüber, und der Ausdruck von Verblüffung und Dankbarkeit und Bewunderung in seinen Augen – und noch etwas anderes, was ich nicht näher definieren konnte – erwärmten mich weitaus wirkungsvoller als das Feuer im Kamin.

«Siehst du, Yelena, Maria wird uns helfen.» Er strich seiner Schwester ermutigend über die Wange, während er noch immer mein Gesicht studierte, sodass es mir vorkam, als fühlte ich seine Finger auf meiner eigenen Haut.

«Ich verstehe das alles nicht!», flüsterte sie ängstlich, während ihr furchtsamer Blick weiterhin zwischen mir und ihrem Bruder hin- und herwanderte. «Ich fürchte …»

«Gar nichts sollst du fürchten», erklärte er entschieden. «Tu einfach, was ich und Maria dir sagen.»

«Aber warum denn, Bruder?» In ihrer Stimme lag nun eine Spur von Unmut. «Was habt ihr da zusammen ausgeheckt?»

Er ließ ihre Arme los und trat von ihr zurück, und seine offensichtliche Verärgerung ließ mich erschaudern, auch wenn sie nicht gegen mich gerichtet war. «Keine Fragen mehr, Yelena, ab jetzt tust du, was ich dir sage. Hast du mich verstanden?»

«Ja, Bruder …»

«Und jetzt geh. Ich muss mit Maria unter vier Augen sprechen. Warte vor der Tür und warne uns für den Fall, dass jemand kommt.»

Ich spürte, dass sie Einwände erheben wollte, doch sein Gesichtsausdruck ließ sie verstummen, und ich empfand schon beinahe schwesterliche Gefühle ihr gegenüber, als sie sich umwandte und aus dem Raum stürmte, als sei ihr die Wärme des Kaminfeuers plötzlich zu viel geworden.

Ich trat auf die Flammen zu und auf den Mann, der vor ihnen stand. Was geschehen wäre, wenn ich ihn erreicht hätte, weiß nur Gott, denn in diesem Augenblick beschloss der Herr, mich zu bestrafen, als seien die sündigen Gedanken und Gefühle einer einzigen kleinen Nonne das Wichtigste auf der Welt, die plötzlich von seinem schrecklichen Zorn zu beben begann. Ich war starr vor Ehrfurcht wie vor Schrecken, als Gott mich gleichzeitig verhöhnte und meine Treue zu ihm anzweifelte, indem er unter donnerndem Krachen meinen Körper in die Arme eines Mannes schleuderte. Stepham klammerte sich an mich mit derselben Leidenschaft und Kraft, die er in meinen Träumen zur Schau gestellt hatte, doch ich, von Kopf bis Fuß in Schwarz gekleidet, fühlte mich in seinen Händen wie der Tod und versuchte, mich von ihm loszureißen, damit wenigstens er gerettet werden konnte. Er aber wollte mich nicht loslassen. Er zerrte mich mit Gewalt vom Feuer weg, und ich verlor das Gleichgewicht und fiel auf Hände und Knie. Der Fußboden kam mir als massive steinerne Welle entgegen, als ich spürte, wie Stepham sich über mich warf und meinen Rock packte, als wolle er mich von hinten nehmen wie ein Tier. Er schleppte mich über den bebenden Boden und brachte es irgendwie fertig, meinen Habit von den dämonischen Schatten zu unterscheiden, die das wild flackernde Feuer warf. Er kroch unter einen Marmortisch in der Mitte des Raums und zog mich zu sich herunter.

«Nicht bewegen!», rief er, hielt mein Gesicht an seine Brust und drückte mich so fest an sich, dass ich kaum mehr Luft bekam, doch ich war so froh, dass ich die Augen schloss und an nichts anderes mehr dachte als an ihn, denn mein Sehvermögen war hoffnungslos verwirrt von einem Raum, der bebte, als wäre er nur eine Spiegelung in meinem Brunnen … als wären wir beide nur Schatten, und ein einziger Stein, der auf uns traf, könnte unsere Umarmung für immer zerstören … Noch nie im Leben war ich mir einer Sache so bewusst gewesen, wie ich mir nun Stephams Hand bewusst war, die mein Gesicht hoch zu dem seinen hielt, damit er meine Lippen küssen konnte, und ich war ihm unendlich dankbar für seinen Versuch, meine Träume wahr zu machen, bevor wir starben.

Im Jahr 1755 suchte ein schreckliches Erdbeben Portugal heim. «Was die Gebäude anbelangt, fiel auf, dass die vermeintlich stabilsten als Erste einstürzten. Alle Gemeindekirchen, Mönchs- oder Nonnenklöster, Paläste und öffentlichen Gebäude wurden entweder dem Erdboden gleichgemacht oder so stark beschädigt, dass es schon als gefährlich galt, an ihnen vorbeizugehen. Die Gesamtzahl der Opfer, einschließlich derer, die in den Flammen verbrannten oder später beim Graben in den Ruinen durch einstürzende Mauerteile ums Leben kamen, soll selbst bei vorsichtigen Schätzungen deutlich über sechzigtausend liegen.» *Modern History Sourcebook: Rev. Charles Davy: The Earthquake at Lisbon, 1755.*

Geheime Gesellschaften

Florenz, Italien 1500

Für meinen Herrn

Die Italiener waren immer schon von geheimnisvollen gesellschaftlichen Gruppierungen fasziniert. Schon seit vorrömischer Zeit gab es in Italien eine ganze Reihe von Geheimgesellschaften, von denen viele bis heute existieren, tief im gesellschaftlichen Gefüge des Landes verborgen. Sie alle haben ihre Symbole und Zeremonien und manche sogar ihre eigene, ausgefeilte Sprache, die sich, unbemerkt von den Ohren der Öffentlichkeit, seit Jahrtausenden entwickelt hat, mit ganzen Bibliotheken alter wie moderner Literatur, entzifferbar nur für ihre Mitglieder. Zahlreiche Kulturen verfügen über komplizierte gesellschaftliche Hierarchien und Netzwerke, und in Italien sind diese lediglich die Schaufensterdekorationen, die dem voyeuristischen Blick ins alte Herz des politischen und sozialen Wechselspiels – in die Geheimgesellschaften – im Wege stehen.

Der Leichnam ihres Mannes lag bereits seit neun Monaten in der Familiengruft, als der Brief eintraf. Abgegeben wurde er von einem attraktiven Adligen, den Laura häufig in Gesellschaft des seligen Vittorio gesehen hatte. Sie hatte immer nur flüchtige Blicke auf den geheimnisvollen Gast ihres Gatten erhascht, wenn seine hochgewachsene Gestalt sich über Bücher beugte, die auf großen Tischen in der vom Kaminfeuer erhellten Bibliothek lagen, und einmal hatte sie ihn von hinten gesehen, als er auf seinem Weg aus der Villa durch den von Statuen gesäumten Flur ging, wobei sein schwarzer lederner Umhang von den Schultern, die zu breit waren, um sie nicht zu bemerken, ihm bis auf die Knöchel fiel. Sein Haar, das er längst nicht mehr modisch kurz trug, war eine trotzig dekadente Bekundung von Manneskraft, und die Locken seiner dunkelbraunen Mähne, von einem leuchtend roten breiten Lederband nach hinten gehalten, lagen auf seinem Kreuz, als er mehr als einmal den Korridor ihres Gedächtnisses durchschritt. Nach dem Tod ihres Gatten hatte sie nicht erwartet, ihn jemals wiederzusehen, und doch saß er ihr jetzt in dem großen Salon gegenüber, der zusammen mit der übrigen Villa zu ihrem gewichtigen Besitz geworden war. Er strahlte nicht die Aura eines demütigen Boten aus, der ein geheimes Schreiben übergab, mit dessen Inhalt er nicht vertraut war. Schweigend sah er zu, wie sie vorsichtig und beinahe ehrfürchtig mit einem edelsteinbesetzten Taschenmesser das wächserne Siegel brach, denn das, was sie in ihren beringten Händen hielt, war eine posthume Botschaft von ihrem geliebten Mann. Nie wieder würde sie seine Gefühle in Händen halten oder aufmerksam seiner Stimme lauschen, wenn er zu ihr sprach, lautlos dieses letzte Mal. Beim Lesen schien ihr das Mieder immer enger zu werden, und sie wurde sich verschiedener Sinneseindrücke deutlicher bewusst als je zuvor in ihrem Leben. Sie blickte auf die elegante Schrift, die das schwere Papier in beherrschten, verschlungenen Windungen bedeckte, war sich dabei aber sehr wohl bewusst, dass Sandros Augen auf ihrem tiefen Ausschnitt ruhten, als fände er ihn weitaus beredter als alles, was je mit einem in Tinte getauchten Federkiel geschrieben werden konnte. Im steinernen Kamin loderte ein Feuer, und noch nie hatte sein leises Knistern so bedeutsam geklungen; nie hatte sie die Stimme der Flammen wirklich gehört, bis zu diesem Augenblick, als sie zu spüren meinte, wie sie sogar durch den schweren schwarzen Stoff ihres Kleids drangen und zwischen ihren Beinen hochzüngelten. Das gedämpfte Rattern einer Kutsche, die draußen auf der Straße vorbeifuhr, war nicht mehr ein harmloses, ganz normales Geräusch, als sie das Gefühl überkam, dass es auf geheimnisvolle Weise ihre Seele an einen Ort entführte, der ihr nicht recht geheuer war. Das leise Rascheln des steifen Pergaments, als sie das erste Blatt hinter das zweite schob und weiterlas, erschien ihr in der anschließenden Stille unverhältnismäßig laut. Sie versuchte, ihre Gesichtszüge unter Kontrolle zu halten und nichts preiszugeben, doch es gelang ihr nicht, das Auf und Ab ihres Busens zu verbergen, so schwer atmete sie. Das Pergament erinnerte sie plötzlich an die tote Haut ihres Gatten, aus der mit einem einzigen Wimpernschlag die Geschmeidigkeit des Lebens gewichen war. Seine verwesende Hand, in der schon die Knochen durch das blutlose Fleisch schienen, griff aus dem Grab nach ihr und packte ihr Herz, bis es schneller schlug in einem verzweifelten Versuch, ihr Leben zu retten, das nun noch stärker bedroht war als unmittelbar nach seinem Tod.

Endlich gelangten ihre dunklen Augen ans Ende des unmöglichen Briefes, und sie legte ihn sanft in ihren Schoß und starrte in die Dunkelheit, als dächte sie lediglich über eine Einladung zum Essen nach. Als sie die Stimme erhob, war diese weich und ungewöhnlich tief für die einer Frau. «Ich muss gestehen, Signore, dass ich keine Worte finde, um meiner Verwunderung über die schockierenden Gedanken und Vorstellungen eines Mannes Ausdruck zu verleihen, dessen Seele ich sicher in den Händen der Heiligen Jungfrau geglaubt hatte.»

«Das ist nur allzu verständlich», erwiderte er mit ebenso ruhiger Stimme wie sie.

Sie wandte den Kopf und blickte ihm in die Augen, die ihr im Schein des Feuers unergründlich dunkelgrau erschienen. «Allmählich verstehe ich, warum mein Mann Eure Freundschaft zu schätzen wusste, denn Ihr habt ihn zweifellos nie mit eitlem Geschwätz gelangweilt.»

Mit dem Hauch eines Lächelns richtete er die unsichtbare Klinge seines durchdringenden Blicks auf das Feuer. «Ihr seid nicht die Einzige, die sich fragt, ob man den Brief in Euren Händen nicht einfach verbrennen und vergessen sollte.»

«Ihr beleidigt nicht nur mich, sondern Euren unsterblichen Freund, Signore. Glaubt Ihr vielleicht, Vittorio hätte eine Frau geheiratet, die so ungeniert seine Wünsche missachten würde?»

«Ich wollte Euch lediglich versichern, dass der verräterische Gedanke uns allen in den Sinn gekommen ist, Signora.»

«Ich bin höchst erstaunt darüber, wie plötzlich mein unterlegener weiblicher Intellekt sich in solch erlauchter Gesellschaft wiederfindet.»

«Euer Gatte hielt nie allzu viel von den Gedanken des Aristoteles, die, seiner Überzeugung nach, der genialeren und umfassenderen Weisheit Platos weit unterlegen waren.» Ohne den Kopf zu bewegen, der ruhig und schön wie der einer Statue auf das Feuer gerichtet blieb, drehten sich seine Augen leicht in ihren Höhlen, um sich wieder mit den ihren zu treffen. «Die Welt verändert sich, Laura, und wie es scheint, will Euer Gatte nicht, dass Ihr in seinem Grab zurückbleibt, das nur über zwei Türen verfügt, durch die Ihr wieder ins Leben zurückfinden könnt.»

«Ich weiß», erwiderte sie und faltete ruhig den Brief zusammen. «Entweder das Kloster, das auch nicht mehr Wärme zu bieten hat als eine Gruft, oder ein wohlhabender Mann, den ich nicht will.»

Er schwieg. Seine Hände ruhten auf den hölzernen Lehnen des Stuhls, und seine trägen, um die geschnitzten Enden gelegten Finger zogen weiter ihre Blicke an, weil sie einen so starken Gegensatz zu ihrer eigenen inneren Anspannung bildeten.

«Es gibt viele Fragen, die zu stellen mir ein Schweigegelübde verbietet», erklärte sie so sachlich wie möglich.

«Die Fragen, auf die Ihr Euch bezieht, stellt man besser nicht mit Worten, denn die Antworten erhaltet Ihr nur durch eigenes Erleben, und dafür müsst Ihr es wagen, mit jedem Teil Eurer selbst neugierig zu sein.»

«Selbst wenn ich die Handschrift meines Mannes nicht erkennen würde, wäre ich nicht versucht, dies als ausgeklügelten Schabernack zu betrachten, denn dies würde bedeuten, auf närrische Weise mich selbst und meine reichlich verwelkten Reize in den Mittelpunkt von allem zu stellen. Aus diesem Grund komme ich zu dem Schluss, dass das, was ich soeben gelesen habe, nicht einen sündigen Traum beschreibt, aus dem ich unsanft gerissen werde, um mich dem gestrengen Urteil der Welt zu stellen, sobald ich ihn im Dunkeln ausgelebt habe.»

«Ich weiß natürlich nicht, wie er sich Euch gegenüber geäußert hat, gehe aber davon aus, dass er Euch nahegelegt hat, mir Euer Leben anzuvertrauen, Laura, und da ich kein Mann der Kirche bin, betrachte ich Eure Sittsamkeit keineswegs als Tugend. Zweifellos ist Euch klar, dass die träge Zuversicht einer Rose in voller Blüte nur dazu dient, ihre sinnliche Selbstvergessenheit noch schöner erscheinen zu lassen, verglichen mit weniger vielschichtigen Blüten, deren ungeduldige Reize nur einen oder zwei sonnige Nachmittage andauern.»

«Und doch ist in dieser geheimen Welt, über die wir nicht sprechen können, Sandro, noch wichtiger als Vielschichtigkeit meine Unfähigkeit, aus irgendeiner unglücklichen – oder vielleicht auch einer auf geheimnisvolle Weise glücklichen – Laune der Natur heraus Kinder zu gebären. Meine Unfruchtbarkeit verleiht mir dieselben Freiheiten wie einem Mann, den man nie mit einer Blume vergleichen würde, die im Augenblick, da sie gepflückt wird, um einen Ballsaal oder ein Grab zu zieren, bereits dazu verdammt ist zu verwelken.»

«Ihr hattet Vittorios Vertrauen. Ich bin mir sicher, dass er Euch darauf aufmerksam gemacht hat, dass in unserer schönen Stadt auf Beschluss der Medici weniger fromme, dafür aber umso flexiblere alte Einstellungen zunehmend wieder an Boden gewinnen.»

«Aber sicherlich würde die Gleichheit, die ich anstreben müsste, um dem Wunsch meines verstorbenen Gatten zu entsprechen, selbst für Lorenzos weltliche Ansichten auf unakzeptable Weise extrem erscheinen?»

Er senkte die Stimme. «Die Keller der Gesellschaft sind sehr tief, Laura, und der Wein, den sie im Geheimen trinkt, stammt von Reben, die so alt sind, dass ihre Wurzeln bis auf die Anfänge der Zeit zurückreichen, als Gott Männer und Frauen erdachte. Ein solcher Wein wird nie in der Öffentlichkeit getrunken. Seine berauschende Wirkung ist nur wenigen Auserwählten vertraut, die ihn wirklich zu schätzen wissen.»

«Auch wenn sie dabei ihr Leben aufs Spiel setzen?»

Er fuhr unbeirrt fort, ohne den Blick von ihr zu wenden. «Das Leben ist nun einmal lebensgefährlich.»

«Wie alle Frauen, die es im Kindbett riskieren, nur zu genau wissen.»

«Vittorio hat oft von Euch gesprochen.»

Sie nahm die silberne Glocke vom kleinen Tisch und läutete sie gebieterischer als beabsichtigt, dem Rhythmus ihres Herzschlags gehorchend, der sich als Reaktion auf die plötzliche Vertrautheit in seiner Stimme beschleunigte. «Bitte trinkt ein Glas Wein mit mir, Sandro.»

«Mir dem größten Vergnügen, Laura.»

Sie wies die Dienerin, die gleich darauf erschien, an, ihnen eine Flasche Chianti aus dem Keller zu holen, und als die Frau gegangen war, schluckte sie alle ihre Ängste und Zweifel hinunter und erklärte: «Wir trinken auf meinen Gatten, der mich mit der Tiefe seiner Liebe beehrt hat sowie mit seinem Glauben an die Gleichrangigkeit meines Geistes – beides Dinge, die ihn dazu anregten, mich in die Obhut seiner engsten Freunde zu geben, damit sie versuchen, die Leere auszufüllen, die sein Hinscheiden in mir hinterlassen hat.»

Er beugte sich vor und nahm ihre linke Hand. «Ein solcher Trinkspruch, ausgebracht von einer solchen Frau», sagte er, während der Kuss seiner festen Lippen die Haut auf ihrem Handrücken erwärmte, «ist eine Freude, für die es wert ist, alles zu riskieren, Signora.»

★★★

Die Kutsche traf bei Sonnenuntergang ein. Der Kutscher stieg nicht ab und warf ihr nicht einmal einen flüchtigen Blick zu, als sie die Stufen vor der Villa hinunterging. Die Säume ihres Umhangs und ihres Kleids raschelten wie in heimlichem Stoffgeflüster auf den Steinplatten, als wollten sie sich der frommen Stille der Dämmerung widersetzen, in der alle tugendhaften Frauen ihre Fenster und Türen vor den Gefahren der Nacht schlossen. Laura schaffte es ohne Hilfe in die Kutsche. Sie hatte kaum Platz genommen, als die Pferde sich auch schon in Gang setzten, und spürte die Bewegung in ihrer Brust, wo ihr Herz so schnell schlug, dass sie buchstäblich um ihr Leben fürchtete. Sie trug noch immer Trauer, doch ihre düstere Kleidung war nur Fassade, denn darunter hatte sie gar nichts an. Ihre Kammerzofe hatte sich diskret jeglichen Kommentars enthalten, als sie das Mieder ihrer Herrin unmittelbar auf deren nackter Brust festschnürte. Christina war bereits seit vielen Jahren bei ihr, und sie war auch diejenige, welche die übrige Dienerschaft darüber informierte, dass die Signora eine dringliche Nachricht erhalten habe und nun eine kranke Cousine außerhalb der Stadt besuchen müsse. Dass sie weder Bedienstete noch Gepäck mitgenommen hatte, würde ihr Personal zu allerlei Getuschel verleiten, von dem Laura inständig hoffte, dass es sich nicht bis in die Nachbarschaft verbreitete.

Wohin sie fuhr, hatte man ihr nicht mitgeteilt, wie man ihr auch sonst nichts gesagt hatte. So benötigte sie mehr Vertrauen in die guten Absichten ihres verstorbenen Mannes, als sie je in Gott gehabt hatte. Doch seit sie posthum seinen Brief erhalten hatte, war sie wieder in der Lage, das Leben zu schmecken, und wenn sich auch der säuerliche Geschmack der Angst mit der berauschenden Wärme zurückkehrender Gefühle vermischte, sollte es eben so sein. Nachdem ihr ganzes Leben seit dem Augenblick ihrer Geburt für sie vorgezeichnet gewesen war, empfand sie die Tatsache, nicht zu wissen, worauf sie sich da einließ, als ebenso erfrischend und aufregend, wie es beängstigend war. Gnadenlos in Tugendhaftigkeit geschult, konnte sie sich nicht recht vorstellen, was ihren Körper und ihre Sinne erwartete. Die Bilder, die sie sich in den drei langen Tagen und Nächten seit Sandros Besuch im Geiste auszumalen erlaubt hatte, erschienen ihr unmöglich und deshalb unwirklich wie das mittelalterliche Fresko der Hölle, das eine kleine Nische in der Privatkapelle ihrer Villa zierte. Sie fragte sich, warum Vittorio es nie hatte übermalen lassen, bis sie die Gesichter der ewig leidenden Sünder genauer studierte und merkte, dass sie alle lächelten. Und als sie sich die Arten ihrer Bestrafung angesehen hatte, war ihr der schockierende Verdacht gekommen, dass die Verdammten diese geradezu genossen.

Die Kutsche kam abrupt zum Stehen, und einen atemlosen Augenblick lang tat Lauras Herz es ihr gleich. Die Tür auf der anderen Seite des gepolsterten Sitzes öffnete sich, und ein großgewachsener Mann gesellte sich zu ihr in den kleinen Innenraum. Seine Handschuhe, sein Umhang, seine Stiefel und sein Haar waren allesamt schwarz, ebenso wie die Maske, die nur seine geschwungenen Lippen und seine dunkelblauen Augen enthüllte. Letztere musterten sie kurz, bevor er sich vertraut zu ihr vorbeugte und ihre eigenen Augen mit einem weichen roten Tuch verband, das er fest hinter ihrem Kopf verschnürte.

Laura biss sich auf die Lippen, um nicht loszuwimmern wie ein verängstigtes Kind. Wenn sie nun den Mut verlor, bevor überhaupt etwas geschehen war, wäre das nur der Beweis dafür, dass Frauen in der

Tat schwächer sind und – schlimmer noch – dass sie nicht einmal zu ihrem Wort standen. Als der namenlose Mann dann mit sanfter Gewalt nach einem ihrer Arme griff, fiel es ihr schon schwerer, ein hilfloses Schluchzen zu unterdrücken, aber irgendwie schaffte sie es, ihr würdevolles Schweigen zu bewahren, während er ihr die Handgelenke in ihrem Schoß zusammenband.

Als die Kutsche weiterfuhr, ertappte sie sich dabei, wie sie betete, dass er mit ihr reden oder zumindest seinen Namen nennen und ihr versichern möge, er sei ein Freund von Sandro. Er aber blieb stumm, und so erlebte sie das merkwürdige Gefühl, als drängten sich Fragen in ihrer Kehle, bis diese sich ganz heiß anfühlte vom Bedürfnis zu weinen und darum zu betteln, wieder nach Hause gebracht zu werden. Vollkommen still zu sitzen, die Hände reglos im Schoß, erforderte ihre ganze Willenskraft und erfüllte sie mit Verzweiflung darüber, wie schnell sie bereits ihre Kraft verbraucht hatte. Sie fragte sich schon, ob das unheimliche, maskierte Gesicht eines Mannes das Letzte sein sollte, was sie von der Welt mitbekam. Sie spürte, dass er sie anschaute, konnte sich aber natürlich nicht sicher sein, ob sie sich seine bohrenden Blicke nicht vielleicht doch nur einbildete, und so nahm seine unsichtbare Gegenwart auf geheimnisvolle Weise an Wärme und gefährlicher Intensität zu, je länger er schwieg.

Die Kutsche kam ein zweites Mal zum Stehen.

Laura schloss die Hände noch fester, als sie hörte, wie eine Tür aufging und ihr Begleiter ausstieg. Dann öffnete sich auch die Tür neben ihr, und eine Hand packte besitzergreifend ihren Arm. Sie ergriff gleichzeitig die Falten ihres Umhangs und ihres Rocks und hob sie an, um nicht darüber zu stolpern, während sie sich auf dem Sitz umdrehte und blind mit einem ihrer hochhackigen Schuhe nach den Stufen tastete, die aus der Kabine führten. Die Hand, die sie umklammerte, bot ihr keine weitere Hilfe an, und so war sie stolz, als sie es auf den Boden geschafft hatte, ohne ins Straucheln zu geraten. Sofort griff eine zweite Hand nach ihrem freien Arm, und plötzlich erschien es ihr nicht mehr so wichtig, dass sie nicht sehen konnte, wohin sie ging. Ihre Blindheit war eine Schwäche, aber eine merkwürdig angenehme, als ihre Schritte sicher gelenkt wurden. Sie musste lediglich den starken Persönlichkeiten um sich herum vertrauen.

Sie fühlte sich zugleich von ihnen geschützt und ihnen ausgeliefert – eine Verbindung, die ihre weibliche Seele als gefährlich berauschend empfand.

«Vor Euch liegen neun Stufen», verkündete ein Mann mit ruhiger Stimme.

Froh über die Warnung und außerordentlich dankbar für den Klang seiner Stimme, schaffte sie es, ruhig zwischen den beiden Männern die Treppe hochzusteigen. Bislang hatte sie sich mit ihrem gefassten Auftreten des Vertrauens ihres Gatten würdig erwiesen. Erst als die frische Nachtluft der Wärme eines von Kerzen erleuchteten Raums wich, begann tief in ihrem Innern die schmerzhaft heiße Flamme der Angst so heftig zu flackern, dass keine noch so beruhigenden Gedanken sie zu löschen vermochten.

«Nun liegen dreizehn Stufen vor Euch.»

Sie hob einen ihrer hohen Absätze an und hatte das Gefühl, ins Leere zu stürzen. Ihre beiden Begleiter stützten sie kommentarlos, als ihr klar wurde, dass die Treppe diesmal nach unten führte. Die Luft kühlte sich spürbar ab, als sie hinunterstiegen, und sie hörte den Widerhall von Sandros Stimme in ihrem Kopf: «Die Keller der Gesellschaft sind sehr tief, Laura ...»

Am unteren Ende der Treppe ließ man ihre Arme los, und so stand sie allein in der Mitte des Nichts, doch die innere, von ihrer Augenbinde erzeugte Dunkelheit war von den leuchtenden Farben ihrer Erinnerung erhellt ... Der Leichnam ihres Mannes, wie er steif auf einem kalten steinernen Bett tief in ihrer Familiengruft lag, seine prächtige Kleidung, die den dumpfigen Schleiern uralter Spinnweben, welche die blanken Knochen seiner Ahnen umfingen, die Stirn bot ... Sandros unbeschreiblich schönes Gesicht und der Blick in seine Augen, als er ihre Hand an seine Lippen führte ... Sie stand bereitwillig vor dem finsteren Herzen der Erfahrung, die sie drei lange Tage und Nächte lang ebenso gefürchtet wie ersehnt hatte, vor dem symbolischen Augenblick des Todes, in dem sie herausfinden würde, ob ihre Seele sich tatsächlich über das würde erheben können, was mit ihrem Fleisch geschah.

Die Fesseln um ihre Handgelenke wurden so schnell gelöst, dass sie kaum Zeit hatte, ihre Freiheit zu genießen, bevor ein Paar kräftiger Arme sie an einen harten Brustkorb hob und dann sanft auf eine weiche Oberfläche legte. Wie erstaunlich leicht es ihr doch fiel, eine verbotene Schwelle zu überschreiten; der Tod ihres alten Lebens vollzog sich in den wenigen Sekunden, die der Mann brauchte, sie in die Arme zu nehmen und wieder hinzulegen. Warme, handschuhlose Hände glitten über ihren Rock nach oben und hoben ihn aus dem Weg, während andere Hände ungeduldig ihren Umhang öffneten und wieder andere achtlos ihr Mieder aufrissen. Man hielt ihr die Arme über den Kopf und zog ihr die Schuhe aus, und ein lautes, reißendes Geräusch stillte ihr Verlangen aufzuschreien, als das schwere schwarze Gewand, das sie neun Monate lang getragen hatte, in ebenso vielen Sekunden zerstört und all das weiche, blasse Fleisch darunter freigelegt wurde.

In einem verzweifelten Versuch, ihre Angst zu bekämpfen, konzentrierte sich Laura auf den Versuch herauszufinden, wie viele Männer um sie waren. Deutlich spürte sie zwei männliche Hände auf ihren Brüsten, war sich aber nicht sicher, ob das nicht die Lippen eines dritten Mannes waren und die Zunge eines vierten, die sich an ihren Brustwarzen labten. Bald schon gab sie es auf; zu viele Hände streichelten ihre Beine, um ihre Zahl zu ergründen, vor allem als ihre Gedanken ihr auf seltsame Weise zu entgleiten drohten, während ihre Beine gespreizt wurden. Fingerspitzen verrieben ein glitschiges, warmes Öl auf ihren Schamlippen, bevor sie sich in ihr zusammengedrücktes, widerspenstiges Geschlecht schlichen, doch geschah mit ihrem Körper gleichzeitig so vieles mehr, dass sie wie betäubt schwieg – ein Schweigen, das beschämt ihre Bereitschaft herauszuschreien schien, sich so behandeln zu lassen. Zwar lag ihr schon ein Schrei des Widerspruchs auf der Zunge, doch dieser erhob sich nie zur Verteidigung ihrer Tugend in die Lüfte, während sie sich schamlos auf dem Diwan wand, als eine große, starke Männerhand sie öffnete. Dann plötzlich wurde ihr ein Daumen in den Mund gesteckt, der die wachsenden Schuldgefühle, die sie drängten, um Gnade zu bitten, mühelos zermalmte. Sie registrierte, wie sie leidenschaftlich an der leicht salzigen Härte des Mannes saugte, dankbar dafür, dass er sie von der Versuchung erlöst hatte zu widerstehen, während sie gnadenlos an beiden Enden penetriert wurde, als Finger schnell in ihre Vulva und wieder herausglitten, während ein zweiter Daumen in ihren Mund vorstieß und von ihrer Zunge forderte, ihre Gunst gleichmäßig zu verteilen.

Die Hand zwischen ihren Beinen fickte sie, bis sich ihr Rücken durchbog, bevor sie sich zurückzog und eine weitere Gruppe atemberaubend geschickter Finger tief in sie glitten. Sie spürte, dass sie einem anderen Mann gehörten, denn es gab kleine, aber feine Unterschiede in der Art und Weise, wie sie sie öffneten und liebkosten, und je mehr Empfindungen sie überkamen, desto mehr flossen sie alle in ihr zu einem einzigen, überwältigenden Gefühl der Wonne zusammen. Zwei andere Daumen bahnten sich ihren Weg zwischen ihre Lippen und drängten ihre Zunge, um sie zu betteln, und je lüsterner sie den Mund öffnete, um gierig zu saugen und zu lecken, desto mehr gab ihr innerstes Fleisch dem Vorstoß der Finger nach, welche die Form und die Konsistenz und die Enge ihres Geschlechts erkundeten, um festzustellen, wie feucht und tief und bereit sie war für noch viel mehr. Hände umklammerten ihre Handgelenke und hielten ihre Arme hoch über dem Kopf, während zwei andere ihre Knöchel packten und ihre Beine gespreizt hielten. Sie brauchte nicht zu sehen, um zu spüren, dass sie von Männern umgeben war. Die Dunkelheit hinter ihren Lidern hatte die beglückende Gestalt attraktiver maskierter Edelmänner angenommen, von denen einer, wie sie wusste (oder jedenfalls innig hoffte), Sandro war. Doch keiner von ihnen sprach ein Wort, keiner lieferte ihr auch nur den kleinsten Hinweis auf seine Identität. Nie wieder würde sie die Daumen eines Mannes so sehen wie zuvor. Sie waren einfach überall, und die Art und Weise, wie sie sie bearbeiteten, zwang die an ihren Füßen positionierten Männer, ihre Knöchel fester zu halten, als sie krampfhaft versuchte, ihre Beine vor der schmerzhaft schneidenden Wonne zu schließen, die ihren Körper fest im Griff hatte. Die mit ihrer Zunge tanzenden Daumen waren auf atemberaubende Weise verbündet mit dem, der über ihren Venushügel strich, sowie mit denen, die ihre Brustwarzen rieben, bis sie so hart waren, dass es schmerzte. Die unaufhörliche Stimulation brachte ihre Klitoris zum Schwelen, bis ein Feuer der Verzückung hoch zu den brennenden Spitzen ihrer Brüste loderte und ihre wirbelnde Zunge ihre Sinne in einen Taumel von Eindrücken riss, die sie auf das köstlichste in Besitz nahmen.

Sie konnte nichts sehen, aber dafür alles umso intensiver schmecken und spüren und hören und riechen … den einzigartig begehrenswerten Geschmack männlichen Fleisches … jede nur vorstellbare Art von Berührung, sanft und rau, knetend und liebkosend … das beschämend deutliche Geräusch ihres saftigen Geschlechts, wenn es sich um zwei, drei, ja sogar vier forschende Finger teilte … den köstlichen, berauschenden Duft ihrer Erregung, vermischt mit dem geheimnisvollen Moschusaroma der wachsenden Begierde von Männern … des Sehvermögens beraubt, waren ihre übrigen Sinne auf fast unerträgliche Weise geschärft, sodass es wie ein Schock, aber nicht überraschend für sie kam, als sie den Höhepunkt erreichte.

Die Daumen glitten aus ihrem Mund, als wollten ihre Besitzer ihre Schreie auskosten, während zahllose Hände sie weiter liebkosten und nach unten drückten, bis sie sich vollständig auf dem samtenen

Diwan entspannte und dann alle auf einmal von ihr abließen. Sie war wieder alleingelassen, doch diesmal fühlte sie sich nicht mehr wie in vollkommener Leere gefangen, denn nun erschien ihr Körper ihr wie der Mittelpunkt verlockender Möglichkeiten. Was auch immer nun geschehen mochte – dass sie willig war, unterlag nun keinem Zweifel mehr. Die alles versengende Ekstase, die zu empfinden sie sich als fähig erwiesen hatte, war für sie ein Licht im Dunkel, das ihr den Weg wies, den sie für den Rest der Nacht einzuschlagen hatte oder wie lange auch immer ihre Initiation dauern mochte. Ihr Körper begriff schon vor ihrem Verstand, dass sie sich vollständig unterwerfen musste. Sie war splitternackt, und plötzlich wurde ihr klar, dass dies nicht nur auf ihr Fleisch zutraf, sondern auch auf ihre Seele. Keine goldenen Ringe schmückten ihre Finger, keine schweren Edelsteine zerrten an ihren Ohrläppchen, und keine Halsketten lasteten mit ihrem kostbaren Gewicht auf ihrem Herzen. Sie war nur noch sie selbst, bekleidet lediglich mit den Gaben, in die Gott ihren Geist gehüllt hatte, als sie geboren wurde – glänzendes schwarzes Haar, das ihr bis auf die Taille fiel, und Fleisch, das sich außen so glatt und so kühl anfühlte und doch innen so warm und so feucht war.

Als zwei Hände fest nach den ihren griffen, spürte Laura, dass sie zu einem einzigen Mann gehörten, während sie ihrer wortlosen Anweisung nachkam, sich aufzusetzen. Doch das war nicht genug. Offenbar wollte er, dass sie aufstand, und so ließ sie ihre Beine über den Rand des Diwans auf den Boden gleiten und erhob sich, dankbar für seinen stützenden Griff. Dann ließ er von ihr ab, und ein weiteres Mal packten zwei Hände ihre Oberarme und führten sie vorwärts. Während sie sich barfuß über den kalten Steinboden tastete, wuchs ihre Angst, gegen ein Hindernis zu stoßen, und die schiere Größe des Raums, den sie blind und hilflos durchmaß, machte sie erneut nervös. Endlich hielten ihre Begleiter inne und hoben ihr die Arme über den Kopf, wo sie sie spreizten wie zuvor ihre Beine. Sie spürte das unverkennbare Gefühl geschmeidigen Leders um beide Handgelenke und unterdrückte ein entsetztes Wimmern, als sie das kalte Rasseln über ihr hängender Ketten vernahm. Einen Augenblick später erlitten ihre Fußknöchel dasselbe Schicksal, als man ihre Beine so weit auseinanderzwang, dass sie gerade noch stehen konnte. Bis dahin hatte sie alle Äußerungen von Schwäche erfolgreich unterdrückt, doch nun rang sie hörbar nach Luft, als man ihr die Augenbinde vom Gesicht riss. Sie blinzelte in das Licht, das ihr nach so langer Zeit im Dunkeln fast schon grell erschien, doch nur wenige Sekunden später erkannte sie Fackeln, die in Halterungen an dunklen steinernen Wänden steckten. Wieder schloss sie für einen Augenblick die Augen, um sich noch einmal kurz zurückfallen zu lassen in die Geborgenheit, die ihr die Tatsache vermittelte, dass sie keine Ahnung hatte, wie vielen Männern sie von ihrem liebenden Gatten übereignet worden war.

Vor ihr standen drei Männer, und als sie den Kopf hin und her drehte, erblickte sie vier weitere zu ihren Seiten, während sie zu spüren glaubte, dass hinter ihr noch andere standen. Für sie aber zählte einzig und allein, dass Sandro eine der großgewachsenen Gestalten war, auf die ihre aufgerichteten Brustwarzen mit schockierender Ungeduld zeigten. Wie seine Begleiter war auch er vollständig in Schwarz gekleidet, doch seine Maske setzte sich ein wenig von den anderen ab, umrahmt von einem schimmernden Faden, der im Licht der Fackeln in einem dunklen Violett leuchtete. In ihrer Erleichterung, ihn zu sehen, merkte sie erst ein paar Augenblicke später, dass er etwas in der Hand hielt. Als kleines Mädchen hatte sie einmal mit ansehen müssen, wie ein Mann in aller Öffentlichkeit ausgepeitscht worden war, und danach hatte sie den Anblick seines nackten, von leuchtend roten blutenden Striemen überzogenen Rückens nie mehr vergessen. Sie konnte einfach nicht glauben, dass die Freunde ihres Mannes sie auf derart schreckliche Weise zu verletzen gedachten, dass sie für immer und ewig verunstaltet war, und doch war das, was da drohend in Sandros behandschuhter Hand lag, eindeutig eine Peitsche. Sie wollte schon etwas sagen – wollte ihn um Gnade anflehen, als eine Flutwelle instinktiver Panik den sorgsam errichteten Damm ihrer Selbstbeherrschung durchbrach –, als man ihr im selben Augenblick ein fest gewickeltes Tuch in den Mund stopfte, das es ihr unmöglich machte zu sprechen. Was sie dann empfand, musste Angst sein, doch das Gefühl hatte eine verstörend ähnliche Wirkung auf sie wie die Lust, die sie noch wenige Augenblicke zuvor geblendet hatte. Ihr Herz begann so schnell zu schlagen, dass ihre Knie sich so geschwächt anfühlten, als würden sie rennen, um mit ihm Schritt zu halten.

Dann trat Sandro vor. Sie betete, er möge sie ansprechen und wenigstens den Anstand haben, ihr eine befriedigende Erklärung dafür anzubieten, warum er auf dem besten Weg war, sie zu misshandeln, aber ein schwaches, pfeifendes Geräusch, unmittelbar gefolgt von einem widerhallenden Knall, war alles, was sie vor dem lautlosen Schrei ihres Fleisches vernahm. Sie empfand die Peitsche wie eine ganze Brut von Schlangen, die sie alle auf einmal bissen, und es verblüffte sie, wie viel von dem auf perverse Weise kräftigenden Gift des Schmerzes sie noch in sich aufnehmen konnte, ohne in Ohnmacht zu fallen. Die Eleganz von Sandros Bewegungen faszinierte sie, als er langsam um sie herumging, um jedes noch so kleine Stückchen ihres Körpers von den Brüsten bis hinunter zu ihren Schenkeln zu treffen. Sie blutete nicht, denn die breiten Lederriemen ließen ihre Haut nicht aufplatzen. Wie sehr sie unter jedem Hieb litt, war unerträglich real, und doch erschien es ihr, als würde sie hinterher nicht mit Narben übersät sein. Sie erinnerte sich selbst daran, dass sie keine verurteilte Gefangene war, die öffentlich gedemütigt wurde. Sie war vielmehr eine schöne Frau, die in einen sehr privaten Kreis eingeführt wurde … eine schöne Frau, herausgefordert und erregt von einer Gruppe von Edelmännern, die sie in die finstere, geheimnisvolle Art einweihten, in der ihr Fleisch auf den brutalen Kuss des Leders mit weit größerer Erregung reagierte als auf eine zärtliche Liebkosung. Ihre Vulva wurde so feucht, dass sie beschämt spürte, wie ihr der Saft über die Innenseite ihrer Schenkel rann und sie an die Tränen erinnerte, welche die Mutter Christi vergoss, als sie sah, was keine anständige Frau ersehnen, geschweige denn genießen konnte. Dann trafen die Spitzen der mehrschwänzigen Peitsche absichtlich eine ihrer Brustwarzen, und echte Tränen traten ihr in die Augen, als sie sich umdrehte und ihrem Peiniger beschwörende Blicke zuwarf. Er aber ignorierte ihr wortloses Flehen und trat hinter sie, um ihren Rücken und ihre Hinterbacken auszupeitschen, bis sich ihr Geschlecht heiß genug anfühlte, um damit eine weitere Fackel zu entzünden.

Sie hatte schon aufgehört zu glauben, dass die Tortur je enden würde, als plötzlich drei Dinge auf einmal geschahen. Ein Mann kniete sich nieder und legte ihr ein dunkelrotes Kissen zu Füßen, als ihr der durchnässte Knebel aus dem Mund genommen wurde und ein knirschendes Geräusch ihr verriet, dass die Ketten an ihren Handgelenken so weit herabgelassen wurden, dass sie weiterhin ihre Arme hochhielten, obwohl sie nun auf die Knie sank. Die Auspeitschung hatte sie auf eindringliche Weise noch nackter gemacht, als sie bereits war. Männer umgaben sie, doch sie hatte nur Augen für die geheimnisvoll begehrenswerte Stelle an Sandros Schritt unmittelbar vor ihrem Gesicht. Mit Heißhunger und geradezu blasphemischer Ehrerbietung sah sie zu, wie er seine Hose öffnete, sein Glied herausholte und es zwischen ihre Lippen steckte. Sie konnte sich nicht erklären, warum die Schläge ihre Sinne so geschärft hatten, und wollte es auch gar nicht wissen. Sie wollte nur noch seine Erektion anbeten und hinnehmen, wie seine Eichel ihre Kehle mit ihrer zutiefst eigennützigen Liebkosung segnete. Sie stöhnte verzweifelt auf, als er zurücktrat und die harte Rute eines anderen Mannes ihren Mund ausfüllte. Es war eine echte Prüfung ihrer mündlichen Fähigkeiten, dass sie lediglich Lippen und Zunge und Kehle benutzen durfte, um einen Mann nach dem anderen zu stimulieren, und eine wahre Offenbarung für sie, wie unterschiedlich sie alle schmeckten und sich anfühlten, denn sie war durchaus in der Lage, kleine, aber feine Nuancen ihrer pulsierenden Gegenwart zu unterscheiden.

Schließlich war ihr Mund wieder leer, und verschwommen registrierte Laura, wie ihre Handgelenke von ihren Fesseln befreit wurden, als jemand sie grob auf die Füße zog. Einen Augenblick später fand sie sich erneut auf den Knien wieder, doch diesmal war sie vornübergebeugt, und ihre Handgelenke sowie ihr Hals steckten in ledergepolsterten Vertiefungen. Dann wurde die obere Hälfte des Stocks wieder abgesenkt, bis sie von ihm an Ort und Stelle gehalten wurde. Ihre Brüste und ihr Bauch und ganz besonders ihr Hinterteil und ihre Schenkel, die noch von der gnadenlosen Auspeitschung brannten, hatten ihre Vulva zutiefst eifersüchtig gemacht, und während ihr Mund all die Aufmerksamkeit bekommen hatte, die er sich nur wünschen konnte, gierte ihre weibliche Wunde nur noch mehr nach Zuwendung. Noch nie im Leben war sie für einen Schwanz so bereit gewesen wie in diesem Augenblick, während ihr Kopf vom Körper getrennt war.

Sie bekam, wonach sie sich sehnte und was sie dringender brauchte als alles andere, als eine Erektion in sie drang und sie auf die herrlichste Weise ausfüllte. Sie konnte nicht um den schwarzen Vorhang ihres Haars herumschauen, aber es war ihr auch ziemlich gleichgültig, wer der Mann war, der sie gerade penetrierte, als er ihre Hüften packte und sie zwang, ihn in voller Länge in sich aufzunehmen, wieder und wieder. Dann schoben sich starke Finger durch ihr Haar und hoben ihren Kopf an. Was sie zuvor mit Händen und Daumen erlebt hatte, war nichts gegen das, was sie einen Augenblick später fühlte, als ein Mann immer tiefer zwischen ihre Schenkel stieß, während ein anderer die Hüften in einem sanfteren Rhythmus vor ihrem Gesicht bewegte.

Als der Fremde, der sie von hinten nahm, sich aus

ihrer Vulva zurückzog und das bedrohlich dicke Ende seines Glieds gegen ihr anderes, weitaus engeres Loch drückte, zog sich der Mann, der sich mit ihrer Kehle liebkoste, aus ihrem Mund zurück und ließ zugleich ihren Kopf fallen. Merkwürdigerweise war die Belastung auf ihrem Nacken größer, als seine Finger nicht mehr besitzergreifend in ihrem Haar steckten. Sie wollte, dass ein anderer Mann ihren schweren Schädel hielt, während er eine der drei verletzlichen Öffnungen benutzte, mit denen Gott sie gesegnet hatte, denn genau so fühlte sie in diesem Augenblick – dass ihr weiblicher Körper ein unschätzbarer Segen war und ganz und gar kein böser Fluch. Während zahlreiche Männer sie in Besitz nahmen, wurde ihr immer klarer, welch vollkommene Hülle ihr Körper für ihre Seele darstellte, die sich als weitaus furchtloser und leidenschaftlicher erwies, als sie es je zu träumen gewagt hatte.

Sehr bald schon schmerzten ihre Lippen und ihre Kehle und ihr Kiefer von der Ausdauer, mit der sie die Kunst der Fellatio praktizierte, ganz im Gegensatz zu ihrer Vulva, die eigens dafür geschaffen war, in ihrem seidenweichen Inneren den geradezu arrogant fordernden Gast einer Erektion willkommen zu heißen. Nach der Auspeitschung war das Einzige, was ihr Geschlecht als schmerzhaft empfand, die Abwesenheit eines harten Schwanzes, und sie stöhnte enttäuscht auf, als ihre triefende Vagina unbeachtet blieb, während sich ein Finger langsam in ihren Anus schob und ihren Schließmuskel mit einer schockierend kalten Flüssigkeit einrieb. Vittorio hatte sich mehr als einmal zwischen ihren Hinterbacken Einlass verschafft, sodass sie auch in dieser Hinsicht längst keine Jungfrau mehr war. Dennoch war ihr der Gedanke nicht geheuer, dass mehr als ein Mann sie auf diese Weise benutzen könnte. Der Finger zog sich zurück, und sie spürte, wie etwas weitaus Härteres als ein Penis ihre Hinterbacken zwang, sich zu öffnen. Der hölzerne Pfropfen war dankenswerterweise nicht länger als ein Finger, fühlte sich aber doppelt so dick an, während er sie auf die bevorstehende Prüfung vorbereitete. Die Mitglieder der geheimen Gesellschaft, deren Anführer ihr Gatte gewesen war, taten alles in ihrer Macht Stehende, damit sie das leidenschaftliche Verlangen genoss, das ihr wunderbar unterwürfiger Körper in ihnen erweckte. Ihr blieb kaum Zeit, sich mit der steifen Gegenwart in ihrem Inneren zu versöhnen, bevor derselbe Mann erneut in ihre Vulva eindrang. Die Wonne war fast unerträglich, und doch wusste sie, dass dies nichts war gegen das, was noch auf sie wartete. So empfand sie es als Erleichterung, als ein anderer Mann ihr Haar packte und ihr wieder die Anspannung von ihrem Nacken nahm, indem er ihr seinen Schwanz zwischen die Lippen schob in der Gewissheit, dass auch sie alles in ihrer Macht Stehende tun würde, um ihm entgegenzukommen. Das absolute Vertrauen, mit dem er ihren Mund füllte, war in der Tat schmeichelhaft für sie.

Laura kannte Adlige, die sich mit der Anzahl von Tieren brüsteten, die sie bei der Jagd erlegt hatten, und nun zählte sie ähnlich stolz, wie viele Männer in ihr explodierten. Sechs Männer nahmen sie, zwei und zwei und noch einmal zwei, bis sie vergaß, das sie jemals anderswo gewesen war als auf den Knien in einem von Fackeln notdürftig erhellten Keller. Wie heftig sie ihr zusetzten, war schrecklich, weil sie wusste, dass es irgendwann enden würde und die Männer, wenn sie aufhörten, sich in ihre Kehle und ihren Bauch zu ergießen, sich zurückziehen und ihre zügellose Seele mit einem unendlichen Hunger nach mehr alleinlassen würden. Die überwältigende Erfahrung, die sie machen durfte, war ganz und gar nichts Sündiges, sondern auf geradezu heilige Weise erfüllend, weil eine priesterhafte Gestalt sie absegnete. So bewirkte Sandros Gegenwart, dass die unfrommen Handlungen, zu denen man sie zwang, sich anfühlten wie ein unendlich erregendes sinnliches Martyrium, denn jedes Mal, wenn ein Mann sich in ihren Mund ergoss, spülte er ihr den bittersüßen Geschmack seines Samens von der Zunge, indem er sanft ihren Kopf hob und sie an einem wunderbaren Rotwein nippen ließ – Wein, der mit geheimnisvollen Kräutern versetzt sein musste, denn er vermittelte ihr das Gefühl, vollkommen entspannt zu sein und bereit, für immer auf den Knien zu bleiben.

Als nach einer kleinen Ewigkeit die Zeit gekommen war, zu einer weiteren Station ihres erotischen

Kreuzwegs weiterzuziehen, befreite man Laura aus dem Stock und half ihr auf die Beine. Für einen wunderbaren Augenblick erlaubte ihr Sandro, ihre Wange an seine Brust zu legen, und sie wäre liebend gern dort geblieben, hätte er sie nicht sanft weggestoßen und ein anderer Mann ihren schlanken Körper mühelos auf seine Arme gehoben. Doch er setzte sie nicht auf dem Diwan ab, denn dieser war bereits von einem weiteren Mann besetzt, der – abgesehen von der schwarzen Maske um seine leuchtend blauen Augen – nackt darauf lag. Alle ihre anderen Liebhaber waren noch immer vollständig bekleidet, und der gänzlich unerwartete Anblick der glatten nackten Haut eines Mannes und seines hochaufgerichteten Gemächts war wie ein wunderbarer Schock für sie. Dies war ihr erster guter Blick auf die Waffe, mit der Gott alle Männer ausgestattet hatte, und der Gedanke daran, wie viele prachtvolle Exemplare bereits in sie gedrungen waren, erfüllte sie mit tiefer Ehrfurcht und dem Gefühl, lebendiger zu sein als je zuvor. Er bot ihr seine Hand, und sie berührte seine Fingerspitzen zaghaft mit den ihren, bevor sie ihm erlaubte, ihr auf den Diwan zu helfen. Nachdem sie so lange im Stock hatte knien müssen, bewegte sie sich noch ein wenig steif, zumal sie die Befürchtung hegte, der hölzerne Pfropfen in ihrem Anus könnte schmachvoll aus ihr gleiten, doch er blieb tief zwischen ihren Hinterbacken stecken, während sie sich auf den nackten Jüngling setzte. Sie legte die Hände auf seine haarlose

Brust und blickte zu Sandro auf – zu seinen von starken Gefühlen bewegten maskierten Augen und seinen nicht lächelnden Lippen –, als sie sich bereitwillig vom Schwanz eines anderen Mannes durchdringen ließ. Sie spürte, wie ein zweiter Mann sich stöhnend auf den Diwan hinter sie kniete, senkte den Kopf und verbarg das Gesicht scheu hinter dem Vorhang ihres Haars, während er den hölzernen Pfropfen aus ihrem Anus zog. Ihr Schließmuskel war nun aufnahmebereiter, und doch brannte ihr kleines Loch, als er quälend langsam seinen weitaus dickeren und längeren Penis hineinstopfte, bis er gefährlich tief in ihr Inneres zu reichen schien. Allmählich schwächte sich die Qual so weit ab, dass es zwar noch immer unangenehm, aber durchaus erträglich war, als die beiden Partner sich im Rhythmus zu bewegen begannen und einer von ihnen ihre schmale Taille hielt und der andere ihre weichen Hüften, während sie sie zwischen ihnen beiden auf und ab bewegten. Sie spürte, wie die beiden Erektionen sie liebkosten und sich aneinander rieben. Und dann wurde es noch schlimmer oder noch besser – sie wusste nicht, was, und es war ihr auch egal, denn die Nacht hatte sowohl ihren Körper als auch ihre Seele bereits gelehrt, dieses überwältigende Paradoxon nicht nur zu akzeptieren, sondern es mit all ihren Sinnen zu genießen. Ein anderer Mann trat an die Stirnseite des Diwans, nahm ihr Kinn fest in die Hand und schob ihr sein Glied zwischen die Lippen, während Sandro ihr das Haar aus dem Gesicht strich, um seinem Freund den Weg in ihren Mund und ihre Kehle frei zu machen. So stießen drei Männer unerbittlich in sie, und später, als sie sich alle auf einmal zurückzogen, fing ein vierter sie in seinen Armen auf, als sie zusammenbrach.

Laura öffnete die Augen, als man sie auf eine weichere Oberfläche legte … sie ruhte nun auf einem Bett im Licht von Fackeln, die in Halterungen an der Wand dahinter steckten und Sandros maskiertes Gesicht hell erleuchteten, als er sich zu ihr legte. *Jetzt kann ich sterben*, dachte sie, und es schien, als wäre ihre lautlose Selbstaufgabe auf eindringliche Weise hörbar, denn die beiden Männer, die zu beiden Seiten ihres Kopfes knieten, schlangen einen schwarzen Lederriemen um ihren Hals, wobei der eine ihr Haar aus dem Weg hob, während der andere den Riemen gnadenlos enger zog. Dann zogen beide an je einem Ende der Leine, während zwei andere, zu ihren Füßen positionierte Männer ihre Beine anhoben und weit spreizten. Ihr blieb die Luft weg, als Sandro in sie drang, und der Rhythmus ihrer Lungen wurde ersetzt von dem seines in sie hinein- und wieder herausgleitenden Schwanzes, während er ihr tief in die Augen schaute, die Hände zu beiden Seiten ihrer nackten Brüste abgestützt, denn ihre Arme waren ebenfalls hilflos ausgebreitet, ihre Handgelenke fest im Griff der beiden anderen Männer. Er beobachtete ihr Gesicht, als er sie nahm und immer brutaler in sie stieß, während aus ihren unterwürfig geöffneten Lippen kein Flehen um Gnade, kein Laut und kein Wort des Widerspruchs drang und ihre ekstatisch verengten Augen fest in die seinen schauten. Sie war übermannt von Respekt und Dankbarkeit für die Weisheit ihres verstorbenen Mannes, denn sie hätte sich nicht im Traum vorstellen können, dass stranguliert zu werden, während ein Mann sie penetrierte, sich anfühlen würde, wie das Gesicht Gottes zu berühren, das längst zu dem Sandros geworden war … Sie spürte, wie ihr Bewusstsein im selben Rhythmus abebbte, in dem seine Erektion anschwoll, und ihr Puls ins Flattern geriet, als sein Penis zu beben begann … er zog seine Maske ab, der Druck um ihren Hals wurde gelöst, und ihr tiefer Atemzug war erfüllt vom geheimnisvollen Eigenleben ihrer beider Lust, als sie gemeinsam den Höhepunkt erreichten.

★★★

Der letzte Wunsch ihres Mannes war in Erfüllung gegangen – Laura hatte nun ihre Initiation hinter sich und nahm ihren Platz neben seinem Nachfolger als Oberhaupt der ältesten und geheimsten aller geheimen Gesellschaften Italiens ein.

Die Frau vom See

England, frühes Mittelalter, 12. Jahrhundert

Eines Frühlings schwamm in der Abenddämmerung eine junge Frau in einem See, der wie eine glänzende Brosche im Dunkel eines Waldes lag. Lilly lebte für die Liebkosung durch gegensätzliche Gefühle; ob intensiv oder subtil, sie liebte sie alle. Als sie die Wasseroberfläche durchbrach, wich das finstere Trommeln in ihren Ohren fröhlichem Vogelgezwitscher. Sie blinzelte Dutzende winziger, flüssiger Sonnen von ihren Wimpern und lachte darüber, wie lange sie es geschafft hatte, auf dem Grund des Sees zu sitzen. Reglos wie eine Königin auf einem unsichtbaren Thron hatte sie die vollkommene Stille genossen, die sie auf geheimnisvolle Weise zu beobachten schien, während sie die Augen offen hielt und die schattige Tiefe nach schwimmenden Gegenständen absuchte. Der Druck in ihrer Brust war merkwürdig erregend, fast wie ein unsichtbarer Gegner, den sie mit ihrer ruhigen Ausdauer herausforderte. Sie bedauerte lediglich (was sie ihrer Mutter gegenüber verschwieg, damit diese nicht um die Seele ihrer Tochter bangte), dass sie als menschliches Wesen zur Welt gekommen war und nicht als eine jener verzauberten Kreaturen, die in den Wäldern lebten. Daran, dass zauberhaft schöne Männer und Frauen tatsächlich existierten, zweifelte Lilly keinen Augenblick. Ihre verborgene Gegenwart bewog sie auch dazu, sich am Vorabend eines jeden Vollmonds im Frühling und Sommer auf dem Grund des Sees auszuprobieren in der Hoffnung, dass diese Wesen Notiz davon nahmen, wie sie stets danach trachtete, am Rande ihrer öden Sterblichkeit zu leben. So bestand immer die Aussicht, dass ein Märchenprinz sich in sie verliebte und sie mit sich nahm in sein verwunschenes Reich, wo sich die Beschränktheit ihres Fleisches wie Nebel auflösen und sie so frei sein würde, wie ihr Lachen es in diesem Augenblick war.

Lilly schüttelte die letzten der im Zwielicht glitzernden Wassertropfen von ihren Wimpern, strich sich ihr langes Haar aus dem Gesicht und genoss, wie die hinter ihr untergehende Sonne ihre nackten Schultern mit ihrem zarten karmesinroten Mantel wärmte. Die Bäume um den See waren ihr so vertraut wie ihre Handrücken, und so atmete sie noch einmal tief durch und sprang dann wieder ins Wasser, während sie mit einer wirren Mischung aus Hoffnung und Entsetzen auf die Gestalt starrte, die fast genau ihr gegenüber am anderen Ufer stand. Die Sonne schien dem Mann geradewegs in die Augen, und so ging sie nicht davon aus, dass er sie gesehen hatte. Dass er kein Bauer aus der Umgebung war und auch kein Holzfäller, erkannte sie sofort an dem Schwert in seiner Hand und an allem anderen auch. Sein Haar fiel ihm lose auf die breiten Schultern, und das schwindende Licht des Abends schimmerte auf seinem Rock. Der aufgestickte Drache auf seiner Brust war alles, was sie klar und deutlich ausmachen konnte, während seine Silhouette sich kaum von den hohen Bäumen hinter ihm absetzte. Er hob den Arm, und ihre Angst machte es ihr leicht, den Atem anzuhalten, als er sein Schwert genau auf sie zu in den See schleuderte.

Während sie auf den weichen, sicheren Grund tauchte, stieß die Klinge wie ein silberner Fisch vor ihr in die Tiefe. Sie schwamm auf die Waffe zu, dankbar für die Edelsteine auf seinem Heft, durch die es im schlammigen Halbdunkel besser zu erkennen war. Sie packte das dicke Heft, und ein dringendes Bedürfnis zu atmen gab ihr die Kraft, die sie brauchte, um rasch aufzutauchen und die schwere Waffe vor sich aus dem Wasser zu werfen. All das tat sie, ohne nachzudenken, und auf einmal war es zu spät, sich zu fragen, wie der Mann wohl reagieren würde, wenn ein Mädchen ihm das Schwert zurückbrachte, nachdem er es so leidenschaftlich von sich geschleudert hatte. Sie zwinkerte rasch das Wasser aus ihren Augen und sah, wie er auf die Knie fiel. Sie senkte das Schwert ab und hielt die Klinge in einer offenen Handfläche und das edelsteinbesetzte Heft in der anderen. Aufgrund der Art und Weise, wie der Ritter die Arme um den Drachen auf seiner Brust schlug, wusste sie, dass sie seinen Zorn nicht zu fürchten brauchte. Vielleicht hatte er seinen Glauben bei den Kreuzzügen verloren, und sie tat seiner unsterblichen Seele einen Gefallen, indem sie ihm die Waffe zurückbrachte, mit der er im Heiligen Land für Christus gekämpft hatte.

Die hereinbrechende Dunkelheit bot ihren nackten Brüsten einen gewissen Schutz, doch sie konnte nicht verhindern, dass ihr nackter Körper vom schwindenden Licht vergoldet wurde, als er langsam aus dem Wasser tauchte. Seine Augen sah sie nicht, doch die tiefe Ehrfurcht, mit der er ihr Nahen erwartete, faszinierte sie unendlich. Ihr Traum war wahr geworden – sie hatte sich in eine jener verwunschenen Kreaturen der Wälder verwandelt. Die Vögel hatten aufgehört zu zwitschern, und das um ihre Knöchel schwappende Wasser war das einzige Geräusch auf der Welt, während alle Geister des Waldes zusahen, wie eine junge Frau mit einem Schwert in den Händen aus dem See stieg und auf den Ritter zuging, der sie auf Knien erwartete. Bevor ihre Füße das Wasser verließen, hielt sie inne und streckte die Arme nach ihm aus. Er stand auf, um das Schwert entgegenzunehmen, und plötzlich machte die Angst ihr die kalte Brise bewusst, die ihr über die Haut strich. Verletzlich und unbekleidet vor einem bewaffneten Mann stehend, wurde Lilly klar, dass nur noch eine Aura übernatürlicher Ruhe sie retten konnte. Schweigend wandte sie sich von ihm ab und zog sich ebenso bedächtig, wie sie herausgekommen war, in den See zurück. Sie wusste nicht, was sie tun sollte, falls er sie ansprach, doch er blieb still hinter ihr stehen, während sie erneut in die schützende Dunkelheit abtauchte. Als sie wieder nach oben kam, war es Nacht, und der Mann und sein Schwert waren verschwunden.

★★★

Der Teig war geknetet und das Brot im Ofen; die Hühner waren gefüttert und ihre Eier eingesammelt; die Schweine stupsten einander lärmend über ihrem Trog an; ihr Vater und ihre Brüder arbeiteten noch auf dem Feld; ihre Mutter stopfte Hemden, und Lilly hatte ein Weilchen Zeit für das, was sie am liebsten tat – durch den Wald streifen und Kräuter, Beeren und Wurzeln sammeln. Ein ganzer Mond war vergangen, seit sie schamlos nackt aus dem See gestiegen war, um einem Edelmann sein Schwert zurückzugeben, doch kein Tag verstrich, an dem sie nicht zu der Stelle am Ufer zurückging, wo er gekniet hatte. Ihre Brust beherbergte einen wachsenden Schmerz, der sich merkwürdigerweise anfühlte, als halte sie den Atem an, doch er ließ nie nach und machte sie ungewöhnlich rastlos. Ihr Traum, einen verwunschenen Prinzen des Waldes kennenzulernen, hatte sich längst wie der Morgentau in Luft aufgelöst, als sie nun auf die reale Möglichkeit wartete, dass der geheimnisvolle Ritter erneut am See auftauchte. Doch Abend für Abend war sie enttäuscht, als nur vielversprechende Schatten die Wälder um die unheimliche Stille des Wassers bevölkerten.

Der Tag war noch jung, als Lilly im Gras saß, Blaubeeren pflückte und sie in ein Tuch auf ihrem Schoß warf. Plötzlich hörte sie ein Rascheln im Laub, das von etwas Größerem kommen musste als von einem Fuchs oder einem der anderen Waldtiere, die sie kannte. Sie hatte sich einen Kranz aus blutrotem Storchschnabel geflochten, um sich mit ihm zu krönen, bevor sie sich an die profanere Aufgabe machte, Beeren für einen Kuchen zu pflücken, und freute sich an dieser kleinen Zier, als sie aufblickte und sah, wie ihr Ritter zwischen den Bäumen auf sie zutrat. Der Drache war von seiner Brust geflogen, doch obwohl er nun zwangloser gewandet war, stellte seine Kleidung das Feinste dar, was sie je gesehen hatte. Er hätte sie in jener Nacht leicht töten können, doch irgendwie fürchtete sie sich jetzt noch mehr vor ihm – nun, da das Sonnenlicht in länglichen Bündeln durch das Blattwerk fiel und all die lieblichen kleinen Blumen beleuchtete, die er beim Gehen unter seinen schwarzen Stiefeln zertrampelte. Sie spielte bereits mit dem Gedanken, die mühsam gesammelten Beeren in ihrem Schoß im Stich zu lassen und wegzurennen, aber sie schien wie erstarrt, wie ein Kaninchen, das von einem Habicht erspäht wurde. Er blieb eine Körperlänge vor ihr stehen, und trotz der Tatsache, dass sie den See nicht einmal sehen konnte, fühlte sie sich atemlos, als sie zu ihm aufblickte.

«Bist du wirklich?», fragte er mit ruhiger Stimme.

Sie benetzte ihre Lippen, schmeckte den tiefen

Klang seiner Stimme und kämpfte dagegen an, dass ihre Zunge wie tot in ihrem Mund lag. Wenn sie ihm jetzt nicht antwortete, hielt er sie für ein tumbes Bauernmädchen, besessen von Dämonen, die sie ihrer Stimme beraubt hatten … oder vielleicht betrachtete er sie auch weiterhin als magisches Wesen, das nackt vom Grund des Sees aufgestiegen war, sein Schwert in der Hand … aber er hörte doch sicher ihr menschliches Herz schlagen …

«Ja, mein Herr, ich bin wirklich.»

Er trat weitere drei Schritte vor und kauerte sich vor ihr hin. «Wie heißt du?»

«Lilly.»

«Warum hast du mir mein Schwert zurückgegeben, Lilly?»

Sie schaute auf seine Hände, die auf seinen Knien lagen. Seine Finger waren schlank, wirkten aber kräftig, und noch nie hatte sie bei einem Mann eine so zarte Haut gesehen. «Ich weiß auch nicht, mein Herr … es kam mir irgendwie richtig vor.»

«Und ich dachte schon, du wärest die Dame vom See», flüsterte er, als fürchte er sich davor, die Worte laut auszusprechen.

«Ich war … für Euch …»

«Du hast mich in deinen Bann geschlagen, Lilly», gestand er.

Sie sagte nichts und blickte nur scheu auf ihren Schoß hinab.

«Seit jenem Abend konnte ich an nichts anderes

mehr denken als an dich», fuhr er ruhig fort. «Selbst in meinen Träumen verfolgte mich deine Schönheit.»

Sie wagte erneut, ihm in die Augen zu schauen. «Bitte verzeiht mir, mein Herr, ich habe mir wirklich nichts Böses dabei gedacht …»

Er streckte die Hand aus und berührte sanft eine der Blumen, die auf ihrem rotgoldenen Haar verwelkten. «Es gibt eine Möglichkeit, wie du mich von diesem Bann befreien kannst.»

«Ich stehe ganz zu Eurer Verfügung, mein Herr.»

«Ich bin auf meinem Weg hierher an einem kleinen Bauernhof vorbeigekommen. Ist das dein Zuhause?»

«Ja, mein Herr.»

«Morgen schicke ich meinen Knappen zu deinen Eltern, um ihnen zu erklären, dass ich beschlossen habe, dich mit einer Stellung in meinem Haushalt zu beehren.» Er erhob sich. «Du brauchst nichts mitzubringen. Ich besorge dir alles, was du benötigst.»

Wie vor den Kopf geschlagen blickte sie zu ihm auf. Wann immer sie sich vorgestellt hatte, wie ein Märchenprinz sie mitnahm, so waren sie tiefer in die Wälder gegangen. «Mein Herr, ich werde sterben, wenn ich den Wald verlassen muss!», rief sie.

«Du sagtest doch, du wärst wirklich …», murmelte er, und für einen Augenblick lag Zweifel auf seiner entschlossenen Miene, was ihr den Mut gab, ihm die Stirn zu bieten.

«Das bin ich auch, mein Herr, aber ich hege nicht den Wunsch, von hier wegzugehen.»

«Es genügt, dass *ich* es wünsche.»

Sein Tonfall ließ sie all die Beeren in ihrem Schoß vergessen, als sie aufsprang und wegrennen wollte, doch auch sie hatte seit jenem Abend am See nur noch an ihn gedacht und konnte ihm nun nicht widerstehen, als er sie am Handgelenk packte und unter eine Eiche zog.

Sie war nicht überrascht darüber, wie schnell und ungeduldig er ihr die Kleider vom Leib riss. Zweifellos beleidigte der grobe, fleckige Stoff sein Auge. Wieder stand sie nackt vor ihm, nur diesmal zog er sie grob in seine Arme. Die Waffe in seiner Hose ähnelte in keiner Weise einem Schwert, und dennoch musste sie entdecken, dass sie die Macht hatte, sie zu verletzen und zum Bluten zu bringen, als er sie an einen Baum lehnte, eines ihrer Beine zu sich hochzog und sie damit stach. Sie schrie auf, bohrte ihm ihre Finger in die Schultern und wappnete sich gegen den stechenden Schmerz, den seine stoßenden Hüften ihr zufügten. Sie war sich lebhaft des weichen Stoffes seines Hemds unter ihren Händen bewusst, der einen so tröstlichen Gegensatz bildete zu den Qualen an der Stelle, wo er seine Männlichkeit tiefer und tiefer in ihren Körper trieb. Als er plötzlich auch ihren anderen Schenkel packte und sie hochhob, schrie sie erneut auf, auch wenn in ihrem Protest ein seltsam euphorischer Beiklang mitschwang.

«Reite mich!», befahl er, und obwohl sie noch nie

im Leben auf einem Pferd gesessen hatte, wusste sie, was er wollte.

Es war wie Sitzen unter Wasser, als sie sich langsam vor und zurück bewegte und sich darauf konzentrierte, das tiefe Unbehagen zwischen ihren Beinen zu ignorieren – so wie sie den Druck in ihrer Brust ignoriert hatte, als sie am Grund des Sees den Atem angehalten hatte. Sie hatte sich beigebracht, schwerelos dazusitzen, und redete sich ein, dass seine Arme starke Strömungen waren, die sie in der Schwebe hielten – die Art von Strömungen, die sie einmal beinahe mitgerissen hätten, als sie nach dem Frühjahrsregen gewagt hatte, im Fluss zu schwimmen. Sie schaffte es sogar, ihm gut genug zu gehorchen, dass er – «Oh, Lilly!» – ihren Namen hauchte, als bete er in der Kirche eine Heilige an. Sie fragte sich nicht, wie etwas, das ihr so wehtat, ihm gefallen konnte; sie war zufrieden mit seinem zärtlichen Tonfall, aus dem beinahe so etwas wie Verehrung sprach, und mit einer Fülle einander widersprechender Empfindungen, wie sie sie bislang nicht gekannt hatte. Unter seinem wundersam weichen Hemd waren seine Schultern angespannt und hart wie Baumwurzeln, und – anders als das Gesicht ihres Vaters – war das seine glatt und zart wie das einer Frau. Die dicken Äste der Eiche warfen schwarze Schatten über ihre ineinander verschlungenen Körper, und eines dieser dunklen Bänder verdeckte seine Augen, sodass sie nicht sagen konnte, was er gerade dachte, doch das spielte keine

Rolle, als sie die Andeutung eines fast schon angenehmen Gefühls empfand, das ein zartes Netz um seine brennenden Vorstöße spann … ein Gefühl, so geheimnisvoll wie eine Spinne, die im Sonnenlicht erbebte. Der Wald war so still um sie herum, dass die wimmernden Laute, die von sich zu geben sie nicht verhindern konnte, sie erregten, als habe immer schon eine andere Kreatur des Waldes heimlich in ihr gewohnt. Als er abrupt auf die Knie sank, stöhnte sie und klammerte sich an ihn aus Angst, er würde sie fallen lassen, doch er legte sie nur rücklings auf das Gras und rammte seinen Körper noch heftiger gegen den ihren.

«Spreize die Beine, Lilly, und kämpfe nicht gegen mich an. Der Schmerz wird bald nur noch eine ferne Erinnerung sein, glaube mir.»

«Ich kämpfe nicht gegen Euch an, mein Herr!», entgegnete sie keuchend im selben Augenblick, als sie merkte, dass es stimmte – sie machte das Loch in ihrem Fleisch auf schmerzhafte Weise enger, indem sie seine Erektion in einem verzweifelten Versuch umarmte, den Rhythmus seiner Stöße zu verlangsamen. Sie konzentrierte sich auf die Grashalme, die sich leicht in ihre Handflächen einschnitten, als sie sich am Boden zu beiden Seiten von ihr festklammerte und sich auf die Lippen biss, um ihr klägliches Wimmern zu unterdrücken, während sie ihm gehorchte und die Beine ein wenig weiter spreizte.

«Oh, Lilly!», hauchte er erneut, als würde er beten.

Sie nahm an, dass Gott sie für all ihre heidnischen Phantasien bestrafte, doch die harte Strafe erschien ihr nicht zu hoch, als er ihren Namen mit einer solchen Inbrunst aussprach.

Er war noch immer voll bekleidet, und während sie sich noch fragte, wie sich wohl seine nackte Haut anfühlen würde, geschah etwas tief in ihrem Innern ... eine hartnäckig knospende Freude klammerte sich beharrlich wie eine Wildblume an die steinharte Länge seiner in sie dringenden Männlichkeit ... Sie konzentrierte sich auf dieses erwachende Gefühl und auf den heißen Sturm seines Atems in ihrem Ohr, der ihr trotz ihrer Hilflosigkeit das Gefühl vermittelte, eine gewisse Macht zu haben. Dann endlich lag er reglos auf ihr.

Noch bevor sie sicher sein konnte, dass es vorüber war, stand er bereits wieder und blickte auf sie herunter. «Du wirst in meinen Haushalt eintreten», erklärte er, als er die Hose schloss und jenen Teil seines Körpers, der den ihren so verwüstet hatte, wieder hineinsteckte. «Sei bereit, wenn mein Knappe dich morgen holen kommt.»

Das Blut schimmerte dunkel auf der Innenseite ihrer Schenkel, und die Mündung zwischen ihren Beinen brannte, als erfahre sie dort andeutungsweise, wie das Höllenfeuer sich für Sünderinnen wie sie anfühlte, als sie «Ja, mein Herr» sagte – so leise, dass ihr

Flüstern sich fast im tröstlichen Rascheln des Laubes verlor, als sie sich in ihr Schicksal ergab, wie auch immer es letztlich aussehen mochte.

Den übrigen Nachmittag verbrachte sie schwimmend im See, wo sie sich noch lange, nachdem das Wasser für immer ihr jungfräuliches Blut abgewaschen hatte, in seiner reinen, kalten Umarmung aalte.

Seelöwensohlen

Aleuten, Gegenwart und vor tausend Jahren

Es begann alles mit dem steinernen Penis, den sie nicht datieren konnte. Dana hatte ihr blondes Haar wie üblich zurückgebunden, doch der Wind bestand darauf, ihr mit leidenschaftlichen Fingern aus allen Richtungen hineinzufahren, bis der Haarknoten in ihrem Nacken vor der beharrlich heftigen Liebkosung kapitulierte. Helle Strähnen schlugen ihr um Lippen und Augen, doch ihre schmutzverkrusteten Handschuhe zwangen sie, sie zu ignorieren. Hätten in der Ausgrabungsstätte irgendwelche Geister herumgespukt, wären sie von ihrem Haar angezogen worden wie vom Geist der Sonne, die sich bereits seit Tagen hinter trübseligen Wolken verbarg, die am Horizont aufzogen, während lebhafte Wellen in wachsender Frustration gegen das Ufer krachten. Vergeblich setzte sie den Handrücken ein, um ihr Gesicht von den wild wehenden Haaren zu befreien, doch das war nur eine unterbewusste Geste; wirklich bewusst war sie sich in diesem Augenblick nur des unglaublichen Fundes, der sich um ihre ehrfürchtig darüberstreichenden Finger aus der Erde erhob. Das betrübte Lächeln, mit dem sie anfangs ihre Entdeckung begrüßt hatte, war längst einem Ausdruck verzückter Konzentration gewichen. Es war nicht etwa nur ihre vernachlässigte Libido, die sich einbildete, dass das glatte Ende des steinernen Objekts der Spitze eines männlichen Penis ähnelte. Monate des Zölibats waren zwar schwer zu ertragen, hatten aber nicht die Kraft, Gegenstände aus dem Nichts herbeizuzaubern.

Ihr Partner arbeitete auf der anderen Seite der Felszunge, sodass die Entdeckung im Augenblick ganz ihr allein gehörte und sie eine merkwürdig intime Erregung verspürte, als sie etwas der Erde entriss, was wie ein jahrhundertealtes Sexspielzeug aussah. Ob der steinerne Phallus im Rahmen einer Zeremonie der Eingeborenen benutzt worden war oder japanische oder russische Händler ihn auf die Insel gebracht hatten, war unmöglich zu sagen. *Weil du einen steinernen Penis nicht datieren kannst*, dachte sie, und am Ende des äußerst unbequemen, aber auch sehr befriedigenden Tages betrachtete Dana den Fund als angemessenes Symbol ihres Liebeslebens. Sie war blond und bildhübsch, aber an diesen fernen Ufern gab es keine Männer für ein Date. Die Vulkaninseln, die sie so sehr liebte, waren baumlos, windumtost und nebelverhangen, und dennoch hatte der einst grenzenlose Reichtum des Meeres sie zu einem äußerst begehrenswerten Ort zum Leben werden lassen. Sie konnte all die in der Tiefe verborgenen Reichtümer ebenso wenig sehen wie den Weg, den ihr Liebesleben einschlagen würde, aber wenn Menschen in der Lage gewesen waren, in einer so unwirtlichen Umgebung eine so sinnenfrohe Kultur zu erschaffen, bestand noch Hoffnung, dass auch sie finden konnte, wonach auch immer sie sich sehnte. Die Kultur der Aleuten hatte sie gelehrt, dass Orte und Umstände nie so öde waren, wie sie auf den ersten Blick erscheinen mochten. Alles, was ihr wichtig war, fand sie hier an diesen schroffen Ufern, die noch immer reich waren an essbaren Pflanzen und Tieren, Seetang, Schalentieren, Vögeln, Fischen, Seeottern, Robben und Walen. Das Innere der Inseln war für die Bewohner der Aleuten ebenso wertlos wie für sie Iowa, auch wenn die Universität, an der sie lehrte, theoretisch weitaus mehr potenzielle Liebhaber aufzuweisen hatte. Sie brachte nur acht Wochen im Jahr mit ihrer Arbeit auf den Inseln zu, doch die übrige Zeit verging rasch mit dem Katalogisieren ihrer Entdeckungen und dem Schreiben darüber, während sie bereits die nächste Ausgrabung plante.

In jener Nacht lag Dana noch lange auf ihrer Pritsche wach, während die emotionale Stimulation, die ihre Entdeckung ausgelöst hatte, mit ihrer körperlichen Erschöpfung wetteiferte. An einem Ort, wo ununterbrochen der Wind wehte, war Schlafen ohnehin nicht einfach. Auf den Aleuten heulte der Wind aber nicht wie in Schauerromanen um die Giebel von Spukhäusern; er klang weitaus rauer und heftiger als das Wehklagen eines einsamen, eingesperrten Geistes. In ihrer Vorstellung schien der Wind wie aus einer gänzlich anderen Dimension über die Inseln zu wehen und die Menschen mit einer reinen, unerbittlichen, ungezähmten Macht zu konfrontieren. Der unablässige, mitunter Sturmstärke erreichende Wind erschwerte die archäologische Arbeit sehr, vor allem dann, wenn noch schneidend kalter Regen und aufgeweichter Boden hinzukamen. Dem ungeübten Auge erschien die Küste, an der ihr Team in dieser Saison arbeitete, für den menschlichen Körper und all seine subtilen, sinnlichen Bedürfnisse absolut feindselig, doch in Wahrheit bot die Vielschichtigkeit dieses Lebensraums viele der teuersten Delikatessen, die in Gourmetrestaurants Tausende von Kilometern weiter südlich auf den Tisch kamen. Geschützte Buchten waren reich an unterschiedlichsten Fischen, von denen sich die Inselbewohner ernährten, wenn bei Sturm das Jagen auf dem offenen Meer nicht möglich war; auf vorgelagerten kleinen Inseln lebten Robben und Seelöwen; auf Riffen, die bei Ebbe aus dem Wasser ragten, wurden schmackhafte Seeigel, fleischige Tintenfische und nahrhafte Algen gesammelt; in Tidebecken und Lagunen, die zahlreiche Enten bevölkerten, fanden sich Unmengen von Schalentieren; fette Lachse schwammen durch Süßwasserbäche zum Laichen in Seen, und in tieferen Gewässern war auch Heilbutt zu finden.

Als Dana im Windschatten des Zeltes lag und (wie sie es sich gern vorstellte) versuchte, den Schlaf einzufangen wie einen besonders schwer greifbaren Tiefseefisch, der immer wieder durch die unermüdlichen

Finger ihrer Gedanken glitt (die sie immer wacher werden ließen, je mehr sie versuchte, ihr Bewusstsein für die Nacht zu ertränken), ließ der Wind auf einmal nach. In der plötzlichen Stille war die Dunkelheit im Zelt so undurchdringlich, dass sie ebenso gut auf dem Grund des Meeres hätte sein können. Und sie muss in diesem Augenblick wohl hinübergedämmert sein, denn plötzlich sind ihre Augen offen und ihre Sinne werden auf wundersame Weise überschwemmt vom farbenprächtigen Anblick blühender Wiesen, dem trägen Summen von Bienen und dem belebenden Gezwitscher Tausender von Vögeln. In ihrem Traum muss August sein, denn die Temperatur liegt bei lauen achtzehn Grad. Von ihrer Position am Fuß des Felsens, wo sie gestern – weit weg in der fernen Zukunft – den steinernen Penis fand, kann sie sehen, wie Kajaks vor einem kleinen Dorf durchs Wasser gleiten. Ihr archäologisch geschultes Auge kann die Häuser unter dem blühenden Gras erkennen, und weil die Sonne scheint, muss sie die Hand über die Augen halten, um zu Seemöwen hochzublicken, die lärmend über einer Gruppe von Frauen am Strand kreisen, die Fische putzen und unbewusst die hungrigen Vögel mit dem Geruch frischer Eingeweide quälen. Der Wind weht wie immer, aber ein Traumwind ist anders … dieser Wind ist wie ein Liebhaber, der sie auf eine Weise streichelte, wie sie immer schon gestreichelt werden wollte, sodass ihr Haar nie in ihre Augen hängt oder in ihren Mund, sondern stattdessen hinter ihr weht wie ein goldenes Banner, das die Freiheit von allen Sorgen symbolisiert … Der Wind in ihrem Traum ist der Atem einer Göttin, die tatsächlich in ihr wohnt …

Die jungen Frauen mit Körben voller Vogeleier gehen unmittelbar vor Dana vorbei, ohne sie zu grüßen, was ihr nicht einmal seltsam erscheint, obwohl sie eine von ihnen kennt … oder vielmehr *selbst* dieses Mädchen ist, weil sie auf einmal merkt, wie sie vor dem heftigen Wind durch ein federgeschmücktes Gewand geschützt ist und ihre Füße in bequemen Stiefeln aus den Speiseröhren von Seehunden mit Sohlen aus Seelöwenhaut stecken. In ihrem Korb liegen viele schmackhafte Eier, doch die sind nicht der Grund für ihre lebhafte Zufriedenheit oder für die Gefühle, die ihre Alltagsroutine auf aufregende Weise aufbrechen. Sie träumt davon, die behagliche Wärme ihres familiären Nests zu verlassen und mit dem jungen Jäger, dessen stechender Blick jedes Mal, wenn er ihn auf sie schleudert wie seinen Speer auf einen Wal, tiefer in sie zu dringen scheint, ihre eigene Familie zu gründen. Ein süßes Gift ist in den Empfindungen, die sie tief in ihrem Bauch spürt, weil ein Teil von ihr Angst hat, ein anderer Teil aber nicht den Wunsch hegt, dem unvermeidlichen Drang zu widerstehen, sich in den sicheren und dauerhaften Hafen der starken Arme eines Mannes zu begeben. Ihre Großmutter – die alles klarer zu sehen scheint, seit ihr Augenlicht nachzulassen begann – hat bereits damit begonnen, einen abgetrennten Bereich in ihrem Barabara herzurichten. Sie fürchtet sie und kann sie zugleich kaum erwarten, die Nacht, in der sie erstmals allein auf ihrem Schlafgestell liegen und auf den ersten Besuch ihres Freiers warten wird, nach dem sie wissen wird, wie es ist, als verletzliche, nackte Kreatur vom Speer eines mächtigen Jägers durchbohrt zu werden in der von Leben erfüllten Wunde zwischen ihren Schenkeln, wo sie am verletzlichsten ist. Doch obwohl sie sich seiner Gegenwart im kleinen Sommerdorf fast schmerzlich bewusst ist, war sein Vater noch nicht bei ihrem Häuptling, und jeden Tag mehren sich ihre Befürchtungen, sie könnten noch immer nach einer anderen, besseren jungen Frau suchen. Wann immer sie aber seine durchdringenden Blicke auf sich spürt, bekommt sie ganz weiche Knie. Während der langen, warmen Sommertage spielt sie beim Sammeln von Beeren, Eiern und Wurzeln mit dem Gedanken, ihm den Amulettgürtel, den sie aus Sehnen und Grashalmen geflochten hat, zu schenken, damit er ihn vor den Gefahren der Jagd auf dem offenen Meer beschützen möge … Ihre Gefährtin lacht und sagt etwas, während ihre glatten Wangen von der salzigen Brise rosig leuchten. Die Worte ihrer Freundin sind so unverständlich wie die Schreie der Möwen, und doch antwortet sie etwas, während sie bereits das Gefühl hat, sich über die Szenerie zu erheben, als wäre ihre Seele ein Vogel, der sich der unsichtbaren Bedeutung und der belebenden Schönheit von allem sicher ist, ohne es verstehen oder in Worte fassen zu müssen …

«Hey, lebst du noch da drinnen, D?»

Worte, die sie unglücklicherweise verstand, rissen sie aus ihrem warmen, farbenprächtigen Traum und gaben ihr das Gefühl, steif zu sein wie eine Mumie und keinerlei Lust zu verspüren, aufzustehen und einem weiteren regnerischen Tag ins Gesicht zu blicken. Nur mit Mühe schaffte sie es, ihre Stimme aus ihrer Kehle zu holen und zu antworten: «Ich stehe nur auf, wenn du schon Kaffee gemacht hast!»

★★★

Wenn das einzige weibliche Mitglied eines kleinen Teams von Archäologen plötzlich anfinge, über ihre Träume zu reden, vor allem unmittelbar nachdem sie einen steinernen Penis ausgegraben hat, wären die Folgen zumindest unangenehm, und so lässt Dana es lieber bleiben. Mit keinem Wort erwähnt sie, dass sie bunte Träume sammelt wie Steine am Strand, mit denen sie nichts Rechtes anzufangen weiß, außer sie still in ihrem Zelt zu horten, obwohl sie immer schwerer auf ihr lasten, weil sie in ihrer rationalen Psyche keinen Platz für sie hat. Zunächst behandelt sie die erstaunlich lebendigen Bilder wie die Disney-Comics ihres anthropologischen Unterbewusstseins, bis die Einstufungen sich allmählich verändern; dann sieht sie sich gezwungen, sich mit der ärgerlichen Vorstellung auseinanderzusetzen, dass in diesem Fall die Buchstaben «PG» für «Psychiatric Guidance» stehen – die psychiatrische Beratung, die sie nach allzu vielen Tagen in Regen und Wind und keinen Nächten in den warmen Armen eines Mannes braucht. Und das «R» steht nicht für «restriktiv», sondern für «realistisch». Die Einzelheiten in ihren Träumen sind so erstaunlich, dass sie sich in der zweiten Woche nicht mehr fragt, woher sie kommen; sie interessiert nur noch das Drama, das sich in ihr entfaltet, zumal es auf unheimliche Weise glaubwürdig wird durch die Tatsache, dass sie das alles nicht kontrollieren oder lenken kann wie ihre Phantasien im Wachzustand.

Niemand, der im 21. Jahrhundert lebt, sinniert Dana, während sie ihre Funde für den Tag im Hauptzelt säubert und katalogisiert, *kann sich wirklich vorstellen, was es bedeutet, von Menschen umgeben zu sein, die mit dir durch ein Netz aus Beziehungen verbunden sind, aufgrund deren die Grenzen deines Fleisches sich anfühlen wie eine Freude, die alle mit dir teilen, statt wie eine Last, die du ganz allein zu tragen hast.* Sie sitzt da und schaut hinauf zu den aus Walknochen bestehenden Dachsparren ihres Barabara, während ihre Mutter ihr pechschwarzes Haar kämmt und zu einem Knoten bindet, so hart und doch so zart wie die Knospe ihrer Jungfräulichkeit tief zwischen ihren Beinen. Alles, was sie als junge Frau besitzt – eine steinerne Lampe, ein Tischchen für die Lampe, Matten, drei Graskörbe, zwei aus Treibholz geschnitzte Teller und mehrere Schachteln mit ihrem

Nähzeug – sind jetzt in ihrer privaten Nische, wo sie bald ihren kräftigen jungen Freier empfangen wird. Er kommt an, und die förmliche Begrüßungszeremonie erscheint ihr endlos, aber schließlich ist sie allein in ihrem ganz privaten Raum und betrachtet im Schein ihrer Lampe den nackten Körper eines Mannes. Er ist überall fest und geschmeidig, und seine Haut fühlt sich gut an unter ihren Fingerspitzen. Sein Fleisch ist eine wunderbare Abwechslung nach all den glitschigen Lachsen, anderen kalten Fischen und schmierigen Robben. Auch wenn ihr Schlafgestell vergrößert wurde, um genügend Platz zu schaffen, damit sein Körper neben den ihren passt, ist es kaum groß genug für sie beide, doch es macht ihr nichts aus, fest an ihn geschmiegt dazuliegen, und sie muss kichern, als sie daran denkt, dass sie für den über ihnen hängenden Gott aussehen müssen wie zwei gerupfte Enten in einem Korb. Doch dann vermittelt die Art und Weise, wie er sie ansieht, ihr das Gefühl, dass sie nackt zusammen sehr viel schöner sind als jedes Tier, das sie je gesehen hat. Sein Mund ist an beiden Enden durchbohrt, und seine Lippenpflöcke markieren die Grenze eines aufregenden, unerforschten Territoriums, während seine Zunge aggressiv zwischen ihre Lippen stößt. Es scheint, als suche er eine ganz spezielle Delikatesse, die in der Höhle ihres Mundes und ihrer Kehle verborgen liegt, und die Tatsache, welch leidenschaftlicher Jäger er mit verschiedenen Teilen seines Körpers ist, lässt sie schwach werden vor Dankbarkeit darüber, dass sie auserwählt wurde, seine Frau zu werden. Er liegt auf der Seite und liebkost sie, und sie empfindet ein so atemberaubendes Gefühl, als wärmten die ungeduldigen Geister all der kräftigen Kinder, die sie bekommen werden, ihren Bauch, während er erst an einer ihrer Brustwarzen saugt und dann an der anderen. Sie ringt nach Luft, so sehr verwundert sie sein Hunger nach ihr. Dieser starke junge Jäger, der bereits zwei Wale in seinem Namen trägt, scheint voll und ganz zufrieden mit dem weichen Mahl ihrer Brüste, obwohl sie ihm keine Milch spenden. Und je mehr er die steifen Spitzen ihrer Brüste genießt wie die köstlichsten Beeren, desto dringlicher wird ihr Bedürfnis, ihm all das zu geben, wofür sie keine Worte hat. Eine seiner Hände findet die kiemenartigen Falten zwischen ihren Schenkeln, und sie wimmert angesichts des unbehaglichen Gefühls, das zwei suchende Finger in ihrem Inneren auslösen. Sie glaubt, mit ihr müsse etwas nicht in Ordnung sein, denn zweifellos ist die Öffnung in ihrem Körper viel zu eng und zu kurz, um seinen dicken, langen, fleischigen Speer zu überleben. Es schmeichelt ihr, wie hart seine Männlichkeit allein dadurch geworden ist, dass er sie liebkoste, doch zugleich fürchtet sie sich ein wenig vor ihrer merkwürdigen Sehnsucht, sie tief in ihrem Bauch zu spüren. Sie weiß, dass ihre Mutter, ihre Großmutter, ihre Tanten und ihre Schwestern alle von einem Mann auf diese geheimnisvolle Weise getötet wurden, welche die Lebenskraft einer

Frau verdoppelt, doch sein Verlangen fühlt sich so schmerzhaft groß an, als er in sie dringt, dass sie die Augen schließen und sich auf die Unterlippe beißen muss, um nicht laut aufzuschreien. Ein brennender und seltsam herrlicher Schmerz schwillt in ihr wie die Meeresflut, während er seinen kräftigen Körper gegen das weichere Ufer ihres Fleisches schlägt. Sie betet zu der kleinen elfenbeinernen Figur, die über ihrem Kopf hängt, dass sie ihr Kraft geben möge, und der Gott erhört sie, denn ihr Schmerz ebbt allmählich ab …

★★★

«Hast du gut geschlafen, D?», fragt Ted beim Kaffee im Hauptzelt.

«Was?» Sie schaut ihn über den Rand ihrer Tasse hinweg an und versucht, ihre Augen auf seinen ungepflegten Bart und seine Drahtgestellbrille scharf zu stellen. Vor ihrem inneren Auge sieht sie noch immer den kräftigen braunen Körper des jungen Jägers vor sich, und die Erinnerung daran, wie sein erigierter Penis (größer als das steinerne Artefakt, das sie fand), langsam in ihren Körper drang, ist ihr noch auf peinliche Weise gegenwärtig. Sie war heiß und feucht für ihn, aber nicht von jungfräulichem Blut. Sie masturbierte, als sie am Rande eines Orgasmus erwachte, der das Geräusch des im Wind flatternden Zeltes zu einem erotischen Echo seiner gegen sie schlagenden

Hoden werden ließ und zum glucksenden Klang seines sie durchbohrenden Schwanzes, der sie öffnete und alle ihre niedrigen und primitiven Bedürfnisse offenbarte. Sie brauchte nicht seine Sprache zu sprechen oder seinen Namen zu kennen, brauchte ihn nicht zu lieben, ja, sie musste nicht einmal in derselben Zeit und am selben Ort leben wie er, um sich allein durch die Kraft seiner Stöße dem Höhepunkt zu nähern …

«Ich fragte, ob du gut geschlafen hast, Dana.»

«Ach so, ja, danke, gut.»

«Deine Augen sind ein bisschen glasig. Aber das Wetter war ja auch beschissen. Hast du das Gefühl, dass du Fieber bekommst?»

«Nein», entgegnet sie entschieden und schüttet den letzten Rest der übelschmeckenden Brühe in sich hinein. «Wer auch immer Kaffeesahne in Pulverform erfunden hat, sollte erschossen werden», fügt sie angewidert hinzu und sieht sich im Zelt nach dem Korb mit frischen Eiern um, die sie am Vortag gesammelt hat … in der vergangenen Nacht … in ihrem Traum … Sie setzt ihre leere Tasse ab und versucht, während sie von ihrem Campingstuhl aufsteht, sich nicht anmerken zu lassen, wie ihr Slip an ihren Schamlippen klebt, bevor sie ihre Windjacke anzieht.

«Bist du ganz sicher, dass es dir gutgeht?», hakt Ted noch einmal nach. «Vielleicht solltest du es heute etwas gemächlicher angehen lassen.»

«Dafür bleibt nicht genug Zeit. Wir haben nur noch ein paar Tage, und ich möchte noch so viel wie möglich schaffen, das weißt du doch.»

«Schon klar, solange du dabei nicht krank wirst.»

Wenn die Tatsache, dass sie sexuell stärker erregt ist als je zuvor im Leben, als Kranksein gilt, findet sie, dass es das Beste überhaupt für jedermanns Gesundheit ist. Andererseits ist es nicht ganz normal, wenn sie die intime Wärme der Schlafnische in einem Barabara vermisst … und die flackernde Flamme einer Öllampe, die Schatten über eine elfenbeinerne Figurine wirft, die über einem Schlafgestell hängt und ein Gesicht hat, das auf einmal lebendig zu werden scheint, während es auf die beiden Liebenden hinabstarrt … auf den schwitzenden Rücken eines Mannes, glänzend unter der nackten Flamme, der sich auf und ab bewegt, mächtig wie ein Wal, der auftaucht und dann wieder in den warmen, nassen Tiefen zwischen den Beinen der Frau versinkt … Sie vermisst die leuchtenden Farben der Beeren, hart wie ihre Brustwarzen zwischen ihren Fingerspitzen, in ihrem Graskorb. Sie vermisst die seltsam intensive Freude, nach Wurzeln zu graben, die sie allesamt an die eine erinnern, die sie jede Nacht zwischen seinen starken Schenkeln zum Wachsen bringen kann, um sie anschließend gierig zu genießen, wenn sie die von Leben erfüllte Suppe der Säfte ihres Geschlechts umrührt. Sie vermisst das Gefühl der knöchernen Nadel in ihrer Hand, wenn sie glänzende Tierhäute durchdringt, und die Farben weicher Vogelfedern unter ihren Fingerspitzen. Sie vermisst die anheimelnde Wärme des Hauptraums des Barabara und die Körper, die sie umgeben wie eine beruhigende Fortsetzung ihres eigenen Fleisches und Blutes …

Der Regen tauft ihr Gesicht, als sie aus dem Zelt tritt. Sie vermisst das Leben in ihren Träumen, als wäre es real. Ihre Arbeit ist sehr befriedigend, denn der Ausgrabungsort ist voller wertvoller Fundstücke, aber diesmal wird sie bei ihrer Rückkehr nach Iowa mehr mitbringen als das, was sie in Kisten packen kann.

Dana geht zu der Felszunge, an der sie am Vortag gearbeitet hat, und blickt auf das Meer hinaus. Die Wolken lichten sich. Ein entschlossenes Bündel von Sonnenstrahlen lässt das Wasser glitzern, als ein Buckelwal zum Luftholen auftaucht. Mit angehaltenem Atem sieht sie zu, wie der massige, glänzende Rücken aus der Tiefe emporsteigt und wieder in sie eintaucht … wie die Erinnerungen, die aus den Tiefen ihres Unterbewusstseins in Gestalt von Träumen auftauchen, so lebendig und sinnlich und doch ebenso außerhalb ihrer Reichweite wie die fließende Dimension des Wals … Wegen der Träume, die sie seit Wochen verfolgen, empfindet sie den Wal als das tiefgründige Gewicht von Zeit und Raum auf den unterbewussten Strömungen ihrer Seele, reich an Erinnerungen an andere Leben und Liebesgeschichten, die plötzlich aus den unberührten Tiefen ihres Geistes an die Oberfläche drängen.

Sie steht da und beobachtet den Wal, bis er wieder aufs Meer hinausschwimmt und ihr das Gefühl vermittelt, am Ufer vollkommen allein zu sein. Doch sie ist nicht allein; es fühlt sich nur für einen fröstelnden Augenblick so an, bis sie tiefer in sich blickt und irgendwie die unzähligen Seelen spürt, die sie umgeben wie die Körper ihrer Verwandten im Barabara, alle schweigend mit einer wichtigen Aufgabe beschäftigt … ihr Vater mit der Herstellung einer Lampe, ihre Mutter mit dem Annähen von Federn an einen Anorak … und jetzt gräbt ihre ferne Verwandte die Werkzeuge aus, die sie einst benutzten, und macht sich selbst auf unheimliche Weise wieder zu einem Teil ihres Lebens. Es spielt keine Rolle, dass sie nicht sehen kann, wohin die Welt sich bewegt, und dass ihr Herz schmerzt, weil das in ihren Träumen noch so überreichliche Leben im Meer nun vom Aussterben bedroht ist und einer trockenen Welt von Kaffeesahne in Pulverform und chemisch aufbereiteten Kaffeebohnen Platz macht, die dringend erforderlich sind, um künstlich die stimulierende Wirkung salziger Luft und offenen Meeres nachzuahmen, während man jagend und sammelnd versucht, alle seine Bedürfnisse zu befriedigen. Die Liebhaber auf ihrem mit Gras ausgepolsterten Schlafgestell leben noch immer in ihr; sie ist ihr Kind, geboren Jahrhunderte nach ihnen, nicht nur in einer anderen Zeit, sondern an einem anderen Ort, Tausende von Kilometern entfernt, und doch hat sie irgendwie ihren Weg zurück gefunden. Ihre Seele war wie ein Wal, durchbohrt von den Geistern aleutischer Jäger in dem Augenblick, als sie das erste Mal über die Inseln las, und schließlich fand sie ihren Weg zu diesen Ufern, wo das Letzte, was sie erwartet hätte, war, von den Erinnerungen an einen Mann heimgesucht zu werden, nach dem sie sich einst sehnte – durch Träume, die auf intensivere Weise real und lebendig waren als alles, was sie ihren Gehirnzellen je zugetraut hätte.

Vielleicht ist der Genpool ja tiefer, als die Wissenschaftler glauben, denkt sie. *Vielleicht verfügen wir alle über die Macht, tief in unser Inneres zu greifen und Erinnerungen und Gefühle hervorzuholen in Gestalt von Träumen, die jenen Teil von uns aufrechterhalten, der daran glaubt, dass nicht alles ein unwürdiges Ende finden muss. Vielleicht ist die Erde ja nur eine Küste am Rande eines unendlich reichen Universums, in dem wir eines Tages jagen und Wunder entdecken werden, die uns für alle Zeiten an Leib und Seele nähren.*

Shiva und Parvati

Mahabalipuram, Indien, 7. Jahrhundert

«Das Sanskrit-Wort kama *bezieht sich in einem weiteren Sinn auf sämtliche Wünsche und Begierden des Menschen, auf Liebe wie auf Lust.* Kama *bezieht sich auf Sex, auf die Mittel, körperliche und geistige Freude zu erlangen … Im alten Indien wurden viele Abhandlungen über* kama *verfasst, in denen die Mittel und Wege beschrieben werden, aus Sex den höchstmöglichen Genuss zu ziehen. Die Autoren dieser Werke waren Munis und Rishis … hochangesehene Weise. Sie gingen davon aus, dass die richtige Ausübung von* kama *sowohl die Männer als auch die Frauen glücklich macht.»*

Dr. Raj Brahmbhatt

Schon fast so lange, wie ich mich erinnern kann, wollte ich wie die Skulpturen der Frauen auf den Tempeln werden. Meine Mutter lernte ich nie kennen, denn als sie die Beine spreizte, um sie weit zu öffnen wie die Türen eines Schreins und die göttliche Energie meines Geistes in die Welt zu entlassen, erhaschte ein Teil von ihr einen flüchtigen Blick auf die Glückseligkeit, in der wir alle gezeugt wurden, und ihr Kama war nicht stark genug, um sie in der Maya verwurzelt zu halten. Als ich älter wurde, gelangte ich zu dem Schluss, dass sie meinen Vater nicht sonderlich geliebt haben muss, weil sie sonst bei uns geblieben wäre. Doch obgleich diejenige, an deren Brust ich saugte, nicht meine Mutter war, schienen die Mitglieder meiner Familie so zahlreich wie die Götter und Göttinnen, und ich denke, ich habe sie wohl nicht allzu sehr vermisst. Die warme, allumfassende Zärtlichkeit meiner ersten Mahlzeiten auf Erden teilte ich mit einem entfernten Cousin, der mir nicht näher hätte sein können. Das Erste, was gesehen zu haben ich mich deutlich erinnern kann, ist der glatte goldene Glanz seines kahlen Schädels neben dem meinen, als wir gierig über den Hügeln zweier entblößter Brüste schwebten. Ich war niemals einsam, denn Shiva war immer bei mir. Wir unternahmen alles gemeinsam; er war abenteuerlustiger als ich, und ich folgte ihm aus Angst, allein zurückzubleiben. Als er zum ersten Mal seinen Körper streckte und von mir wegging, hatte ich schreckliche Angst, wie ein tumbes Tier auf allen vieren zurückgelassen zu werden, während er in das erhabene Reich erwachsener Götter und Göttinnen aufstieg, die ihn in ihre Arme hoben und voller Freude lobten. Dann balancierte auch ich trotzig mein Gewicht auf lediglich zwei winzigen, nackten Füßchen und gewahrte plötzlich nicht mehr nur den Boden und meine eigenen Finger, sondern Shiva, wie er glücklich mit ausgebreiteten Armen auf mich zulief, und von diesem Augenblick an beschrieb seine Umarmung den Horizont unserer auf wundersame Weise wachsenden Welt.

Zu einem späteren Zeitpunkt sollte ich erfahren, dass auch Shivas Mutter im Kindbett gestorben war, und zwar einen Mond vor meiner Geburt. Wir beide betraten die Welt mit derselben feurigen Heftigkeit, die das Fleisch der Frauen verbrannte, die ihren Körper als Ausgang für unseren Geist opferten. Ich dachte, wir würden deswegen zusammen gesäugt, weil ein jeder von Anfang an die enge Verbindung zwischen uns beiden erkannte, doch dann fand ich irgendwann heraus, dass es nur eine Frau in unserer Kaste gab, deren Brüste uns die Milch geben konnten, die wir brauchten. Sicher ist, dass ich niemals allein war und immer glücklich. Ich sah keinen Unterschied zwischen Shivas Zunge und meiner, als wir sie so weit herausstreckten, wie wir nur konnten, um zu erfahren, wie die Sonnenstrahlen schmeckten, die sich in unsere Kinderstube ergossen. Die finsteren, donnernden Monsunregen waren niemals beängstigend oder eintönig, denn es gab immer wieder neue faszinierende Ecken unseres weitläufigen Zuhauses zu erkunden, die erfüllt waren mit lächelnden Dienern, die uns mit Süßigkeiten fütterten und unsere verbotenen Abenteuer ebenso zu genießen schienen wie wir. Shiva und ich waren nicht Bruder und Schwester, und doch behandelte man uns wie solche, und meist waren wir uns selbst überlassen. Ich hätte mich weiter damit begnügt, an meinem Daumen zu lutschen, doch er krabbelte bereits, und so blieb mir keine andere Wahl, als meinen Mund zu leeren und ihm zu folgen. Ich hielt es für eine außerordentlich schlechte Idee, als er beschloss, diese harten, grausamen Berge von Zähnen aus seinem Gaumen wachsen zu lassen, aber als er sie dann so stolz der Welt präsentierte, machte mich das derart wütend, dass auch ich mir prompt aus purem Trotz eine ganze Reihe schneebedeckter Gipfel wachsen ließ. Wir waren wie eine einzige Seele, und so verstand ich nicht, warum unsere Körper nicht vollkommen gleich waren. Anfangs schien es nicht weiter wichtig, dass zwischen seinen Schenkeln seltsame, fleischfarbene Früchte wuchsen, während der Schlitz zwischen meinen Beinen in mir die Frage aufwarf, ob, als mein Körper geformt wurde, der Himmel mit einer solchen Leidenschaft gezittert hatte, dass in meinem Fleisch ein langer Riss zurückblieb, so wie der in der Wand meines Schlafzimmers, als einmal die Erde bebte. Shiva musterte mit einem Auge die dunkle Spalte zwischen meinen Schenkeln und erklärte, er könne nicht in mein Inneres schauen, was enttäuschend für uns beide war, doch bald vergaßen wir es wieder, da es so viele andere Dinge zu erforschen gab.

Wir waren wie immer zusammen, als wir zum ersten Mal den Tempel am Meer besuchten. Shiva gefielen besonders die von geschnitzten Löwen- und

Elefantenköpfen bewachten Eingänge, während ich nur Augen hatte für die winzigen, geschmeidigen menschlichen Figuren, die sich, die farbenprächtig bemalten Gliedmaßen ineinander verschlungen, in den tiefblauen Himmel erhoben. Diese Männer und Frauen wirkten so glücklich zusammen und so vertraut miteinander wie Shiva und ich, und plötzlich konnte ich es gar nicht mehr erwarten, einen solchen Körper zu besitzen – groß und schlank und doch zugleich so üppig und kurvenreich dort, wo er noch enttäuschend gerade und flach war. Shiva dagegen würde lediglich größer werden müssen, um noch schöner zu sein als die in die Tempelwände gemeißelten Götter. Mir erschien es nicht gerecht, dass mein Fleisch so viel mehr an geheimnisvoller Arbeit vor sich haben sollte als das seine, bevor ich mich als Verkörperung sämtlicher Göttinnen auf Erden wähnen konnte, doch meine Liebe zu ihm bewirkte, dass mir jede Anstrengung, der ich mich unterziehen musste, um ihm zu gefallen, der Mühe wert erschien. Als er neben mir stand und auf die tanzenden Steinfiguren hochblickte, warf ich einen Blick auf sein Profil. Die ganz bestimmte Art, wie sich seine Züge gegen das absetzten, was auch immer gerade hinter ihm war, verriet mir irgendwie, was er fühlte, noch bevor ich in seine Augen blickte – dunkle, flüssige Teiche, die es schafften, tiefer zu wirken als das Meer bei Nacht, und erfüllt waren von unzähligen glitzernden Gedanken wie der Himmel von Sternen.

«Was meinst du wohl, was die da tun?», fragte er mich neugierig.

«Ich weiß es nicht, aber ich habe noch nie richtige Erwachsene gesehen, die so viel Spaß miteinander hatten.»

«Wenn wir erwachsen sind, werden wir wie sie», erklärte er entschieden.

«Das hoffe ich doch!»

***

Die Bitternis der Einsamkeit schmeckte ich erstmals mit neun Jahren. Einen Mond bevor Shiva fortging, unternahm unsere Familie eine Pilgerfahrt nach Pakshi-tirtha* und auf den Gipfel des Berges Veda-giri, um zu sehen, wie die beiden Adler das *prasadam* des Gottes Shiva aus der Hand eines Priesters nahmen. Ich konnte nicht essen, denn es war, als hätte ich einen schwarzen Stein verschluckt, der in der Mitte meiner Brust festsaß, wo zuvor mein Herz gewesen war. Ich spürte noch, wie es schlug, aber zweifellos würde sein steter Puls ins Taumeln geraten wie ein Krüppel mit nur einem Bein und schließlich stehenbleiben, wenn der Junge, der die andere Hälfte meines Lebens war, wegging. Nur die Unmöglichkeit, mir seine Abwesenheit vorzustellen, bewahrte mich vor einer bodenlosen Verzweiflung, als wir Hand in Hand den steilen Hang hochstiegen, die einzigen beiden Menschen auf der Welt, die merkten, dass es zu Ende ging.

«Ich komme zu dir zurück», versprach er, als wir erfuhren, dass er weggeschickt werden sollte, um seine Bildung voranzutreiben. «Wir werden nicht für immer allein sein.»

«Aber wir waren noch nie auseinander, nicht einmal für einen einzigen Tag und schon gar nicht jahrelang!», rief ich verzweifelt und wunderte mich, wie gut meine leidvollen Tränen schmeckten, als sie über meine Wangen in meinen Mund liefen.

Dann aber vergaß ich für ein paar Augenblicke die erdrückende Einsamkeit, die sich wie ein Abgrund vor mir auftat, als wir zusammen auf die Stadt und den Tempel am Meer hinabblickten. Noch waren wir zusammen und schauten vom Himmel unserer vollkommenen Einheit hinunter auf die Welt, in der wir so gerne spielten.

«Ich glaube nicht, dass ich ohne dich leben kann, Shiva», gestand ich so leise, dass nur er mich gehört haben konnte.

«Das musst du aber!», erklärte er beinahe wütend. «Wie der Tempel muss auch dein Körper hier sein, wenn ich zurückkomme, damit ich deinem Geist meine ewige Treue beweisen kann.»

Ich blickte hinunter auf die klitzekleinen Gestalten, die sich in der Stadt und im Tempel tummelten, und über sie hinweg auf die winzigen Schiffe im Hafen und fühlte mich dabei wie eine Göttin, die einen Monsun verschluckt hat, der ihr nun in der Kehle steckt und sie daran hindert, den schrecklichen Sturm von Gefühlen in ihrem Inneren in Worte zu fassen. Nur im Geiste schrie ich: Aber was ist, wenn du nie zurückkommst? Was, wenn wir uns nie wiedersehen? Wie soll ich endlos lange Tage und Nächte ohne das Licht und den Trost deiner Gegenwart überleben? Wie lange wirst du weg sein? Wie viele Jahre muss mein Herz weglaufen vor dem Schmerz in meiner Seele, der nur gelindert werden kann, wenn ich in deine Augen schaue und deine Hand in der meinen spüre?

«Sieh mal, es ist Zeit!», meinte er, und die Erregung in seiner Stimme drehte meinen Körper mühelos zum Gipfel des Berges, wo der Brahmanenpriester saß in seinem bescheidenen Gewand, den einen Arm ausgestreckt mit der Handfläche zum Himmel, wo zwei Adler Seite an Seite kreisten. Ein derart tiefes Schweigen senkte sich über die Menge, dass mir der Flügelschlag der Adler lauter erschien als mein eigener Puls, als ich Shiva flüstern hörte: «Das sind du und ich, Parvati, zusammen für immer!», und ich nichts dazu sagte, um nicht meinen schändlichen Mangel an Vertrauen in die Macht unserer Liebe zu offenbaren. Die beiden Vögel stürzten gemeinsam herab, um das Brot aus der Hand des Priesters zu picken, und ich spürte die Gefahr, die von ihren spitzen Schnäbeln ausging, durch den Schmerz in meinem Herzen, gefolgt von der geheimnisvollen Hoffnung und Freude darüber, dass ich Zeuge der Verkörperung des göttlichen Prinzips auf Erden hatte werden dürfen, als Shiva meine Hand so fest drückte, dass es schmerzte.

★★★

Mein Vater – der mir fremder war als die lächelnden Statuen der Bodhisattvas – interessierte sich plötzlich für mich, als Shiva und ich bereits fünf Jahre voneinander getrennt waren. Ich wagte es nicht, wütend auf die Götter und Göttinnen zu sein, denn sie waren meine einzige Hoffnung, ihn je wiederzusehen – was mich aber nicht davon abhielt, von den Menschen angewidert zu sein, von denen keiner so schön und so mutig und so weise und wunderbar war wie mein Shiva. Mehr als einmal sah ich Bedienstete das Zeichen des bösen Auges machen, wenn ich vorüberging; mir war, als sei ihre Kaste sich mehr als die meine des Lochs in meiner Seele bewusst, durch das Dämonen unbehelligt in meine Welt eindringen konnten, seit der Junge, der mir ein Bruder und noch so vieles mehr gewesen war, fort war. Und vielleicht war es ja dieses Gefühl innerer Leere, das meinen Körper dazu veranlasste, mich zu trösten, indem er sich äußerlich auf eine Weise formte, von der er wusste, dass sie mir gefallen würde. Mehr und mehr ähnelten meine Brüste und Hüften, meine schlanken Arme und Beine und mein langes schwarzes Haar den Figuren der Göttinnen, die in den Tempel gehauen waren und die Shiva und ich vor so langer Zeit so ehrfürchtig betrachtet hatten.

Als mein Vater mich zu sich rief, verspürte ich lediglich eine geringe Neugierde darüber, was dieser alte, aber noch immer sehr attraktive Fremde wohl von mir wollte.

«Du bist sehr schön geworden, meine Tochter», sagte er zur Begrüßung.

«Es macht mich sehr glücklich, Euch zu gefallen, Vater», log ich, während ich gleichgültig über eine seiner karmesinroten Schultern blickte.

«Deine Lehrer sind angetan von deiner Gelehrigkeit, worauf ich sehr stolz bin, aber du bist jetzt eine Frau, Parvati. Es ist an der Zeit, dass du die tausend Namen von Shakti lernst und auf deinen Körper hörst, wenn er beginnt, dich die Bedeutung der Worte zu lehren.»**

Trotz der tiefen Gleichgültigkeit, mit der Shivas Abwesenheit mich gegenüber allem erfüllt hatte, was über die Hoffnung auf seine Rückkehr hinausging, war ich fasziniert. «Meint Ihr, so wie die Göttinnen auf den Tempelwänden?», fragte ich mit einer Ungeduld, die zu verbergen ich keinen Grund sah.

«Ja, genau so», erwiderte er, und ein Lächeln ließ seinen festen Mund weicher erscheinen, während seine Augen unergründlich dunkel blieben.

***

Die Konzentration auf meine Studien hatte mir die nötige Entschuldigung dafür geliefert, dass ich meiner

Familie so weit wie möglich aus dem Weg ging, doch die Lektionen, denen mein Vater mich nun zu unterziehen gedachte, konnte ich nicht allein mit einem alten Mann bewältigen. So wurde ich bald zum ersten Mal Zeugin einer Geburt und fand mich in einem großen Raum wieder, der sich zu einem Innenhof öffnete, in dem es vor Frauen nur so wimmelte. Der Anblick ihrer bunten Saris und ihres langen schwarzen Haars erinnerte mich an mit Fliegen bedecktes Obst, ihr hohles Geschwätz an das Summen der Insekten. Ich verdrückte mich in eine Ecke, so weit von der Schwangeren entfernt, wie ich nur konnte, doch da sie im Mittelpunkt der Aufmerksamkeit stand, fiel es mir schwer zu verhindern, dass mein Blick in ihre Richtung schweifte. Sie wiederum starrte gebannt auf die drei Frauen, die um sie herumtanzten, wobei ihre nackten Bäuche auf eine Weise wogten, die ich schlichtweg faszinierend fand. Sie hatten sich ihrer Saris entledigt, trugen nur noch ein enges Hemd, das unmittelbar unter ihren Brüsten endete, und hatten ihre Röcke so tief wie möglich um ihre Hüften geschlungen. Ich blickte auf meinen eigenen safrangelben Sari hinunter und fragte mich, ob ich wohl lernen könnte, meinen Bauch so zu bewegen, dass er Wellen schlug wie Wasser.

Die Frau, deren Körper an jenem Tag als Brücke zwischen den Welten diente, kauerte über dem Geburtstuch. Ihr Bauch war auf groteske Weise verzerrt, und doch schien sie einen gewissen Trost darin zu finden, den schlanken, wogenden Tänzerinnen zuzusehen.

«Sie drängen sie, ihre innersten Muskeln zu entspannen und es dem Kind leichter zu machen, aus ihr zu gleiten», erklärte eine matte Stimme. «Indem sie die Wellen ihrer Wehen wiedergeben, ermutigen sie auf magische Weise das Kind, das Meer der Ewigkeit zu verlassen und sicher in das Leben zwischen den Häfen zu schwimmen, welche die Schenkel seiner Mutter darstellen.»

Ich wandte den Kopf und blickte in Augen von der Farbe stolzer Pfauenfedern.

«Mein Name ist Saraswati», erklärte die Frau lächelnd.

«Parvati», erwiderte ich kurz.

Ihr Lachen war weich und tief. «Ja, Parvati, untrennbar verbunden mit Shiva. Du musst ihn schrecklich vermissen.»

Ihre Worte und ihr ausdrucksvolles Gesicht nahmen mich gefangen. Nie zuvor hatte eine Frau mich so angesehen, und ich fragte mich, was sie in diesem Augenblick wohl dachte.

«Ist das deine erste Geburt, Parvati?» Sie stand so dicht bei mir, dass ihre Schulter die meine berührte, als sie sich umdrehte, um den glänzenden Spalt zwischen den Schenkeln der Schwangeren zu betrachten, der sich plötzlich zu weiten begann. Auch ich sah mit hingerissenem Entsetzen zu, während der geheimnisvolle Mund sich immer weiter um einen dunklen, kleinen Schädel öffnete. So muss auch Shivas Kopf erschienen sein, als er darum kämpfte, sich aus der einengenden Umarmung durch seine Mutter zu befreien, und sicherlich würde auch diese Mutter sterben, denn ich konnte mir nicht vorstellen, wie sie die selbstsüchtige Art überleben sollte, mit der das Kind, nach dem sie sich so sehr sehnte, sie aufriss. Plötzlich spürte ich, wie Saraswati ihre Finger zwischen die meinen gleiten ließ und meine Hand nahm, wie es nie jemand außer Shiva je getan hatte. «Mach dir keine Sorgen», redete sie sanft auf mich ein. «Die Götter sind heute gnädig gestimmt.»

Mit offenem Mund sah ich zu, wie das Kind plötzlich so schnell wie die dunkle, leuchtend rote Zunge einer Kobra aus seiner Mutter glitt. Die Tänzerinnen machten drei älteren Frauen Platz, von denen eine ein Messer in der Hand hatte, mit dem sie die Schnur durchtrennte, die noch immer die neugeborene Seele mit dem Göttlichen verband, während eine andere das Kind an den Füßen hochhielt und dreimal auf sein schleimiges kleines Hinterteil klopfte. «Es ist ein Junge!», verkündete sie, und ich konnte ihm nicht verübeln, dass er einen entrüsteten Schrei ausstieß.

«Komm mit, Parvati, gönnen wir uns eine kleine Erfrischung.» Mit diesen Worten führte Saraswati mich weg.

***

Saraswati brachte mir bei, dass ich meine Liebe zu Shiva nicht dadurch verraten würde, dass ich mein Herz für andere Freundschaften öffnete, auch wenn diese nicht mit dem Band zu vergleichen waren, das uns beide vereinte.

«Soll er, wenn er zurückkommt, ein stumpfsinniges, missmutiges Kind vorfinden – oder eine schöne junge Frau, welche die Kunst beherrscht, dem Mann zu gefallen, der er dann sein wird?»

Das war, wie ich einräumen musste, eine der wichtigsten Fragen, die mir je gestellt worden waren. Ihre Weisheit ließ mich Vertrauen in sie fassen, und da ich noch keine richtige Frau war, empfand ich auch noch keine Eifersucht auf ihre Schönheit. Ich war noch immer ein Mädchen und sah in ihr all das, was ich einst werden konnte. Ich fragte nicht, was sie in mir sah; da Shiva mich liebte, fühlte ich mich der Aufmerksamkeit eines jeden anderen Menschen würdig. Mein Vater schien meine aufkeimende Freundschaft zu Saraswati zu begrüßen, denn er gestattete mir, sie regelmäßig aufzusuchen. Nie sah ich ihren Mann oder weibliche Verwandte oder Freundinnen von ihr bei meinen nachmittäglichen Besuchen, während deren lediglich Dienerinnen so lautlos kamen und gingen wie Geister, die über farbenprächtige Teppiche schwebten. Sie empfing mich immer in einem Innenhof mit Bäumen, deren Äste so voller Früchte waren, dass das Aufschlagen reifer Mangos auf dem Boden mitunter das sanfte Plätschern steinerner Brunnen und das Gezwitscher in Käfigen gehaltener Vögel ergänzte. Auch der köstliche Klang, den der Schmuck meiner Gastgeberin bei jeder ihrer Bewegungen von sich gab, war wohltuend wie Musik in meinen Ohren, ebenso wie ihr kehliges Lachen, das mich bei unserem ersten Treffen so beeindruckt hatte. Nie trug sie zweimal denselben Schmuck am Hals – breite Ketten mit Edel- und Halbedelsteinen in der Form blühender Schlingpflanzen, von denen immer ein anderer Anhänger in den Spalt zwischen ihren Brüsten hing –, und zu jeder dieser prächtigen Kreationen hatte sie immer den passenden langen Ohrring. Zwar war jeden Morgen beim Erwachen das deprimierende Gefühl in meiner Magengrube so gegenwärtig wie immer, wenn ich daran dachte, dass ich Shiva wieder einen langen Tag nicht sehen würde, aber nun tröstete mich wenigstens ein bisschen das Wissen darum, dass ich erneut den Nachmittag in Saraswatis entspannender und zugleich auf angenehme Weise fordernder Gesellschaft verbringen würde. Eines Tages erklärte sie, mir beibringen zu wollen, so zu tanzen wie die Frauen bei der Geburt, und wir legten beide unsere Saris ab, damit sie mir zeigen konnte, was ich tun sollte, bevor sie mir half, die wogenden Bewegungen ihres Rumpfes zu imitieren, indem sie mich mit ihren beringten Fingern streichelte. Mein Körper reagierte auf natürliche Weise auf ihre Hand, die mir über den Bauch strich, während ihre andere weiche und doch feste Handfläche auf mein Rückgrat drückte und es drängte, sich nach innen zu biegen, wodurch ich mir des Körperteils, den sie berührte, sehr intensiv bewusst wurde.

«Halte die Hände anmutig über den Kopf. Ich erkläre dir später, was du mit ihnen machen sollst. Und jetzt beweg schnell die Hüften.»

Ich tat, wie sie sagte, und zwischen meinen Beinen erwachte ein merkwürdiges, mir bis dahin unbekanntes Gefühl, das mir die Röte ins Gesicht trieb und mir mehr noch als die körperliche Anstrengung den Atem raubte.

«Mm, sehr gut», murmelte sie, nahm meine Hüften fest zwischen ihre beiden Hände und drückte ihren nackten Bauch und den oberen Teil ihrer Schenkel kräftig gegen mich. «Und jetzt noch einmal.»

Erneut gehorchte ich ihr, und wieder spürte ich jene seltsam angenehme Empfindung, die sich fast anfühlte wie eine Zunge, die tief in den für immer rätselhaft stillen Mund zwischen meinen Beinen drang. Mir kam es vor, als wolle mein Körper mir etwas sagen, indem er ohne Worte zu mir sprach, wie mein Vater es beschrieben hatte.

«Lass uns zusammen tanzen, Parvati.» Sie hob die Arme anmutig über den Kopf und ahmte meine Haltung nach wie ein Spiegelbild in einem Teich. «Und jetzt bewegst du erneut die Hüften und hörst nicht auf damit, bis ich es dir sage.»

Einen Moment lang vergaß ich, ihr zu gehorchen, abgelenkt vom Druck ihrer vollen Brüste gegen meinen kleineren Busen, und der Kontakt intensivierte die wortlose und doch so eindringliche Botschaft, die von der Stelle zwischen meinen Beinen durch meinen Körper nach oben drang. Ihre Augen waren sehr dicht an den meinen und leuchteten stolz und herausfordernd wie der Pfauenschwanz, an den sie mich zuerst erinnert hatten. Ich blickte hinunter auf ihren Mund, der weicher und einladender aussah als jedes Bett, auf dem ich je geruht hatte.

«Ja, Parvati, drück deine Hüften nach vorn und stoß sie gegen die meinen.»

«Ich werde allmählich müde», wandte ich widerwillig ein.

«Ist das alles, was du fühlst?»

«Nein», gestand ich ebenso leise.

«Dann sag mir, was du fühlst.»

«Ich weiß nicht recht … ich glaube, ich habe eines meiner Chakren gefunden … es ist, als sei tief in meinem Innern ein Feuer entzündet worden, das immer stärker brennt, meinen Atem als Brennstoff hinuntersaugt und bewirkt, dass ich mich seltsam heiß und schwach fühle … und gleichzeitig so schön und erregt wie lodernde Flammen …»

«Oh, Parvati!» Sie nahm mein Gesicht zwischen beide Hände und küsste mich, stieß mir ihre Zunge zwischen die Lippen und nötigte die meine, mit der ihren zu tanzen. Ich senkte die Arme, um sie wegzustoßen, doch meine Hände waren ehrlicher als meine Gedanken und ergaben sich einer Neugierde, die einzugestehen ich nicht gewagt hatte, indem sie ihr langes glattes Haar liebkosten, während sie sich hinunter zu ihrem Busen bewegten. Beide griffen wir durch unsere Blusen nach den Brüsten der anderen, und das Gefühl in meinem Unterleib wurde so stechend wie ein göttliches Messer, das mich durchbohrte.

«Ich habe die Diener angewiesen, uns nicht zu stören, Parvati. Möchtest du Shiva in eurer Hochzeitsnacht wirklich gefallen?»

Ihre Gewissheit, dass er zurückkommen würde, machte mich zutiefst dankbar und verwundbar zugleich, und ich fürchtete mehr als je zuvor, dass er, obwohl ich jeden Tag an ihn dachte, mich bereits vergessen haben könnte.

«Warum bist du dir so sicher, dass er zu mir zurückkehren wird?», fragte ich.

Sie nahm meine Hand und führte mich hinüber zu einem Bett aus Kissen im kühlen Schatten blühender Bäume. «Ich werde dich lehren, dich so zu sehen, wie andere es tun, Parvati, denn du weißt noch gar nicht, wie schön du bist und noch werden wirst.» Sie zog ihre Bluse aus, und als ich ihre Brüste sah, dachte ich, nicht einmal eine Göttin könne einen so vollkommenen und ergötzlichen Busen besitzen. Unsicher, aber verzückt sah ich zu, wie sie ihren Rock löste und auf ihre edelsteinbesetzten Knöchel fallen ließ, bevor sie sich anmutig auf die karmesinroten Kissen legte. «Um einem Mann wahrhaft zu gefallen, musst du deinen Körper lieben», erklärte sie und lächelte zu mir hoch.

Ich stand da und blickte auf sie hinab mit dem Gefühl, in einen magischen Teich zu schauen, der mir mein künftiges Spiegelbild offenbarte – die verlockende, selbstsichere, sinnliche Frau, die bereits im engen Keim meines mädchenhaften Fleisches schlummerte.

Sie nahm ihre Brüste in beide Hände und machte mir ihre schwere Fülle noch bewusster, als sie sie nach oben und gegeneinanderdrückte, während ihre Daumen über ihre großen, weichen Brustwarzen strichen, die sich rasch verhärteten und köstlich keck hervorstanden. Dann spreizte sie die Beine und verlockte mich, auf den geheimnisvollen Spalt in ihrem Fleisch zu blicken, den auch ich besaß, aber nie so deutlich sehen konnte wie den ihren in diesem Augenblick. *So wird Shiva mich sehen*, dachte ich und kicherte, als mir wieder einfiel, wie einst sein unschuldiger Blick auf jenem dunkel lauschenden Loch zwischen meinen Schenkeln haften geblieben war.

Saraswatis Lächeln vertiefte sich. «Gefällt dir unsere Schönheit?», fragte sie.

«Ja», erwiderte ich aufrichtig. «Du bist sogar noch schöner als die Göttinnen auf den Tempelwänden!»

«*Wir* sind schöner, Parvati. Zieh deine Kleider aus und leg dich zu mir. Ich bringe dir bei, dich selbst zu liebkosen. Wenn du nicht fähig bist, deinem Körper selbst Freude zu spenden, kann kein Mann dir die Erfüllung geben, und wenn er das Gefühl hat, dir keine Freude zu schenken, wird er – so er denn ein richtiger Mann ist – selbst nie wirklich zufrieden sein.»

Der bloße Gedanke, ich könnte in irgendeiner Form die Ursache für Shivas Traurigkeit werden, veranlasste mich auf der Stelle, meine Kleider abzulegen, ohne mir Gedanken darüber zu machen, was andere davon halten mochten, denn mir kam es nur auf Shiva an. Und das Besondere an Saraswati war eben, dass sie genau dies wusste und verstand. Ich war in niemandes Gegenwart nackt gewesen, seit Shiva und ich sehr jung gewesen waren, und vielleicht war das der Grund dafür, dass ich wieder kicherte wie ein kleines Mädchen, als ich mich neben Saraswati legte. Sie nahm mich in die Arme und drückte meinen nackten Körper fest an den ihren. Meine kleinen Brüste ruhten so angenehm an ihrem vollen Busen, dass ich mich wunderte, warum meine Brustwarzen sich versteiften, als wollten sie dagegen Einwände erheben. Dann überwältigte mich wieder jenes atemlose Gefühl, das ich bei unserem gemeinsamen Tanz empfunden hatte, als sie eines ihrer langen Beine um mich schlang und ihren zarten Bauch noch fester an mich drückte.

«Oh, Saraswati, meine Chakren drehen sich!», flüsterte ich, während ich mich an sie klammerte und an das Gefühl, das in meinem Bauch schwelte, als hätten die Götter dort ihr heiliges Feuer entfacht und wollten nun meine Gliedmaßen als Brennstoff nutzen. Als sie von mir abließ und sich auf den Rücken drehte, tat ich es ihr gleich, peinlich berührt von meinem Gefühlsausbruch.

«Sieh mir zu, Parvati.» Auch sie klang irgendwie atemlos.

Ich setzte mich auf und konnte den Blick nicht mehr von der Art und Weise lassen, wie sich ihr Handgelenk und ihre Hand zwischen ihren offenen Schenkeln bewegten. Sie befingerte ihr Geschlecht, als habe sie ein ganz besonderes Juwel in seinen vielschichtigen Falten versteckt, das sie nun wiederzufinden versuchte. Ich sah zu, wie zwei ihrer beringten Finger in sie glitten, und hielt den Atem an, als ihre Hand die dunkle Blüte ihrer Vulva so fest drückte, dass sie den Rücken durchbog. «Meine Finger kommen nicht so tief hinein wie der Penis eines Mannes, der dicker und länger und härter ist.» Sie zog ihre Finger zurück – glänzend von ihren inneren Säften, als habe sie sie soeben in eine saftige Frucht gesteckt –, griff nach oben und packte meine rechte Hand. «Leg deine Fingerspitzen hierhin … ja, hier … fühlst du ihn, Parvati, den kleinen Edelstein, den unschätzbar wertvollen Schatz, mit dem alle Frauen geboren sind?»

«Ich bin mir nicht sicher, aber da scheint etwas Festes zu sein, eingebettet in deiner Weichheit …»

«Reib daran … reib ihn für mich, Parvati …»

Ich strich behutsam über ihren Venushügel, bis sie mein Handgelenk packte und dafür sorgte, dass meine Fingerspitzen schneller und fester rieben.

«Ja … und jetzt wollen wir uns gegenseitig streicheln.»

Willig ließ ich mich wieder neben ihr auf den Rücken fallen, doch obwohl ich die Stelle zu spüren schien, an der mein fleischliches Juwel verborgen war, konnte ich es nicht finden, bis Saraswati plötzlich meine Beine spreizte, sich zwischen sie kauerte und die Spitze ihrer langen Zunge knapp unter meinen Fingernägeln hineinstieß, und da war er – ein feuriger Edelstein, der leuchtende Facetten von Gefühl durch meinen Körper zucken ließ. Ich blickte hinunter über meinen Körper und sah in ihre strahlenden blauen Augen. Ich stellte mir vor, dass es Shivas Zunge war, die mich so leckte, und eine schreckliche, von glorreicher Gewissheit erfüllte Freude darüber, dass ich ihn wiedersehen würde, ließ mich so laut aufschreien, dass ich fürchtete, gleich würden Dienerinnen angerannt kommen, um nachzusehen, was los war.

Saraswati lehrte mich, meinen Körper zu lieben, und sorgte dann dafür, dass ich in meiner Hochzeitsnacht keine Schmerzen leiden würde, indem sie mir mit Hilfe eines aus Elfenbein geschnitzten Penis die Unschuld nahm. Hätte sie mich nicht geknebelt, dann hätte ich mit größter Wahrscheinlichkeit aufgeschrien, als sie den göttlichen Phallus in meinen Körper stieß. Tränen blendeten mich, als der schmerzhaft dicke Stoßzahn in mich drang und mich wieder und wieder mit solcher Wucht durchbohrte, dass es meine Hüften von den Kissen hob. Ich dachte schon, der Schmerz würde mich umbringen, als ich spürte, wie mein heißes Blut den Penis umfloss, und war sehr froh, dass Shiva nicht da war und sah, wie ich schluchzte und mich wand in meinem Elend.

Danach erlaubte mir meine schöne Lehrmeisterin, mich an ihr zu rächen, und als ich das elfenbeinerne Glied tief in ihren Bauch stieß und es genoss, wie ihr rosiges Geschlecht sich lüstern um den Stab öffnete, überkam mich ein unwiderstehlicher Drang, mit meiner anderen Hand ihre Kehle zu packen. Das Chakra zwischen meinen Beinen wurde zum brennenden Mittelpunkt des Universums, als ich zusah, wie ihre Brüste unter dem Ansturm des brutal harten Stabs in meiner zur Faust geballten Hand erbebten, und ein unkontrollierbares Gefühl der Macht empfand, als ich spürte, wie zart und verletzlich sich ihr Hals in meiner anderen Hand anfühlte. Ich wartete darauf, dass sie meine Handgelenke packte, um mich daran zu hindern, ihr wehzutun, aber sie hatte die Arme weiterhin unterwürfig ausgebreitet, während ich sie heftig penetrierte und würgte, bis sich ihr Körper auf einmal anspannte und ihre Hüften und ihr Rücken sich steif vom Bett erhoben, als wolle sie in der Luft schweben. Erst jetzt ließ ich von dem elfenbeinernen Penis ab, der zwischen ihren Schenkeln stecken blieb, während ich meine klauenartigen Finger von ihrer Kehle löste. Ich brach neben ihr zusammen und stellte mir für einen auf finstere Weise befriedigenden

Augenblick vor, ich hätte sie tatsächlich getötet, aber natürlich war ich froh, als sie den Kopf zu mir drehte und mich träge anlächelte.

★★★

An einem hellen, kalten Tag im Winter – zu der Zeit im Jahr, wenn die Sonne leidenschaftlich in alle Farben verliebt ist und darüber ganz vergisst, grausam zu sein – trafen neun Pfauen ein: drei prächtige Männchen und sechs vergleichsweise unscheinbare Hennen für ihre Zufriedenheit.

«Sie sind ein Geschenk für Frau Parvati», erklärte der Mann, der sie abgab, stolz.

«Wie es scheint, hast du einen Freier», merkte mein Vater an.

«Wer sollte mich mit einem so prächtigen Geschenk beehren?», fragte ich gleichgültig, denn ich war mir sicher, wer es war.

«Tut mir leid, meine Dame, ich musste versprechen, es nicht zu verraten.»

Ich entließ ihn dankend. Saraswati hatte mir die Vögel geschickt. Ich brauchte nur die männlichen Tiere zu betrachten, wie sie über den Hof stolzierten, um ihre tiefblauen Iriden und die schwarzen Löcher ihrer Pupillen zu sehen, und für einen verstörenden Augenblick schien ich hinter der Maske exotischen Gefieders in die Augen einer Göttin zu schauen.

Am folgenden Tag lockte mich ein ungewohnter

Lärm vom Eingang zum Hof aus meinem Zimmer. Ich hatte es mir keineswegs nur eingebildet, sondern tatsächlich das Trompeten eines Elefanten gehört, den offenbar die Menschenmenge um ihn herum verstörte, während Bedienstete und Mitglieder meiner Familie fröhlich den auf der Sänfte sitzenden Reiter begrüßten – einen jungen Mann, prachtvoll in Weiß und Silber gekleidet. Alle wetteiferten sie um seine Aufmerksamkeit, doch kaum trat ich aus dem Schatten, drehte er den Kopf in meine Richtung, als spüre er meine Gegenwart. Unsere Blicke trafen sich, und es erschien mir unmöglich, dass ich wach war und im Sonnenlicht stand, denn ich glaubte zu träumen … Shiva lächelte auf mich herab, und es war, als wäre er erst am Tag zuvor abgereist und als sei alles, was seither geschehen war, nur ein Traum gewesen, den ich in der Wirklichkeit unserer Liebe auf der Stelle vergaß. Jahre waren vergangen, unsere Körper hatten sich verändert, doch ich war noch immer – und würde es immer sein – das Mädchen, das, die Arme um seinen Hals geschlungen, geweint hatte, als er ging, und das jetzt wieder weinte, wenn auch diesmal aus Erleichterung darüber, dass die Qual unserer Trennung endlich vorüber war, als er schnell vom Elefanten stieg und mich in die Arme nahm.

«O Shiva, Shiva, du bist tatsächlich zurückgekommen! Du bist wirklich wieder da!»

«Das habe ich dir doch versprochen», erklärte er fast schon streng, während er mich auf Armlänge hielt, um mir in die Augen zu schauen. «Hast du je daran gezweifelt, Parvati?»

«Nein, natürlich habe ich nie an dir gezweifelt, Shiva, aber ich zweifelte an der Welt und an all der Maya, die dich von mir fernhalten mochte.»

«Dann muss ich dich wohl lehren, mehr Vertrauen in die Macht unserer Liebe zu haben, Parvati.»

***

Mein Vater nahm Shivas Heiratsantrag an, als hätte er nie etwas anderes erwartet, und zum ersten Mal kam mir der Gedanke, der Bruder meines Herzens könnte aus einem ganz bestimmten Grund weggeschickt worden sein und nicht einfach nur, um mich zu quälen. Weil ich glücklich war, versetzte mich selbst die Erkenntnis, dass ich noch viel zu lernen hatte, nicht in Angst und Schrecken; vielmehr erregte mich der Gedanke daran, weil ich wusste, dass Shiva und ich nun wieder gemeinsam das Leben erkunden und miteinander wachsen würden.

Saraswati war Ehrengast bei unserer Hochzeit. Ich fürchtete, Shiva könnte wütend sein, wenn ich ihm erklärte, dass ich meine Jungfräulichkeit nicht für ihn bewahrt hatte. Wir waren bereits einen ganzen Mond zusammen, bevor ich es wagte, ihm dieses Geheimnis zu beichten, und ihm ängstlich die Gründe dafür auseinandersetzte, warum ich einer Frau gegeben hatte, was von Rechts wegen ihm gehörte. Er hörte mir schweigend zu, und seine Augen spiegelten in ihren bodenlosen schwarzen Tiefen das Mondlicht, während wir trotz der nächtlichen Kälte in einem Garten saßen, weil wir dort ungestört waren.

«Ich möchte dir doch in unserer Hochzeitsnacht gefallen, Shiva», flüsterte ich verzweifelt und wünschte, er würde mich ansehen und etwas sagen, selbst wenn es Worte des Zorns waren, denn alles war besser als diese wortlose Versunkenheit.

«Ich glaube dir, dass du es getan hast, um mir zu gefallen, Parvati», sagte er schließlich, «und weil du so schön bist, kann ich es dir nicht verdenken, dass du deinen Körper erkunden wolltest.»

«Aber es hätte mir nichts bedeutet, hätte ich mir in diesem Augenblick nicht vorgestellt, dass du derjenige warst, der mich betrachtete; hätte ich nicht daran gedacht, dass du mich so liebkostest, wie sie es bei mir tat und ich bei ihr. Mir war in diesen Augenblicken, als wäre ich du und nicht mehr allein, sondern stattdessen eins mit der Freude, die du – wie mir in diesem Moment klar war – nach unserem Wiedersehen an meinem weiblichen Körper haben würdest, der so anders ist als der Körper des Mädchens, das du zurückgelassen hast.»

Abrupt nahm er meine Hand und legte sie auf die harte Schwellung zwischen seinen Beinen. «Ich bin nicht böse auf dich, Parvati. Wie könnte ich wütend sein, wenn es mich schon erregt, mir vorzustellen, wie du eine andere Frau küsst und liebkost? Saraswati soll uns besuchen, wenn wir verheiratet sind. Dann kannst du mir alles zeigen, was du mit ihr getan hast, während du von mir träumtest.»

«Würde dir das gefallen, mein Geliebter?», fragte ich inbrünstig und sehnte mich nach seinem Lächeln mehr als nach ewiger Erlösung.

«Ja», versicherte er, strich mir über die Wangen und küsste meine Lippen. «Das würde mir sehr gefallen, meine Parvati.»

***

Neun Monde nach unserer Hochzeit reisten Shiva und ich zurück in unsere Kindheit. Wir besiegten die Zeit und vergaßen vollkommen, wie die Einsamkeit schmeckte, als wir erneut an der Brust einer Frau saugten, eine von Saraswatis Brustwarzen in seinem Mund und eine in meinem, nur diesmal war es die göttliche Milch purer Freude, nach der wir nun gemeinsam gierig suchten.

* Pakshi-tirtha in Tirukkalukundram ist aus verschiedenen Gründen als heiliger Ort berühmt, vor allem aber, weil seit mindestens 5000 Jahren jeden Tag zwei Adler auf den Gipfel des Berges Veda-giri kommen, um aus der Hand eines Brahmanen das Prasadam des Gottes Shiva entgegenzunehmen, jedes Mal unter den Augen Hunderter von Pilgern. Als Beweis dafür, dass die tägliche Ankunft der beiden Vögel so weit zu-

rückreicht, gilt eine steinerne Säule im Hof des Tempels, auf der die zwei Adler eingeritzt sind. Seit 1998 jedoch sind die Vögel nie mehr aufgetaucht, und so fand dieses Ereignis, das im Lauf der Jahrtausende Millionen von Menschen miterlebt haben, plötzlich ein mysteriöses Ende.

** Das Sanskrit-Wort «shakti» bedeutet «Urkraft», kann aber auch «die Bedeutung der Worte» heißen.

Theron und Rhodopis

Athen, Griechenland, 5. Jahrhundert v. Chr.

«Das Weib für unser Heim und unsere Ehre; die Hetäre für unseren Trost und unsere Freude.»

Demosthenes

Rhodopis war neun Jahre alt, als sie erstmals den vollaufgerichteten Penis eines Mannes zu Gesicht bekam.

Benannt war Rhodopis nach dem berühmten griechischen Sklavenmädchen, das einen Pharao heiratete und seine Königin wurde.* Das Schicksal – oder die Götter – ließ es jedoch nicht zu, dass ein Falke ihrem weiblichen Namensvetter einen ihrer Schuhe stahl und in den Schoß eines Königs fallen ließ. Diese kleine ionische Waise war noch zu jung, um sich an philosophischen Streitgesprächen bezüglich der Rolle des Schicksals oder des Zufalls zu beteiligen, und obgleich sie gezwungen war, den Gesetzen der sterblichen Götter zu gehorchen, die den Haushalt führten, in welchem sie aufwuchs, erstarrte sie nie in Ehrfurcht vor ihnen oder vor ihrer Macht über sie – nicht einmal als sie noch so klein war, dass sie den

Kopf weit in den Nacken legen musste, um zu ihnen hochzublicken. Für ein kleines Kind sind alle Erwachsenen so groß wie Olympier – eine Tatsache, die ihre sich entwickelnde Vernunft als höchst bedeutsam erkannte, zumal sie sich dabei durchaus wohl fühlte.

Rhodopis erlebte gerade ihren ersten Tag auf einem neuen Gebiet ihrer Ausbildung, gegen das ihr bisheriger Lieblingskurs über die Zubereitung von Kräutern und anderen Pflanzen hoffnungslos verblasste. Sie hatte bereits viele spärlich bekleidete und sogar nackte Männer und Frauen gesehen – das Atrium der Schule, in der sie lebte, war schließlich voller Statuen –, doch diese waren aus Marmor und nicht aus Fleisch und Blut und gingen schon gar nicht auf derart atemberaubend gewalttätige und zugleich kontrollierte Weise miteinander um, dass es ihr fast wie ein heiliger Tanz erschien. Einige ihrer Klassenkameradinnen kicherten hilflos vor sich hin, obwohl ihre weit aufgerissenen Augen eher schockiert als belustigt wirkten, wie Rhodopis schnell bemerkte. Sie selbst wahrte respektvolles Schweigen, die Hände im Schoß ihrer Tunika gefaltet. Sie war alt genug zu begreifen, dass sie den geheimnisvollen Kern ihres künftigen Berufs vor sich sah.

Ein junges Paar, Mann und Frau, nahm die Mitte des Raumes ein. Bei Beginn ihrer Darbietung schienen die beiden so beiläufig miteinander vertraut wie Bruder und Schwester, doch am Ende der Stunde kamen sie Rhodopis vor wie die leidenschaftlichsten aller Feinde, als jeder gnadenlos die Schwächen des anderen ausnutzte. Doch irgendwie schienen beide aus dem sinnlichen Kampf als Sieger hervorzugehen, und Rhodopis fand, dass beide einen Lorbeerkranz verdient gehabt hätten, als sie von der Liege stiegen, die wie eine Bühne für das bedeutsamste Drama des Lebens mitten im Raum aufgestellt war. Es war die Art von Schauspiel, die ehrenwerte griechische Frauen nicht sehen, geschweige denn in allen Einzelheiten studieren durften, aber die Ionierin Rhodopis befand sich in der Obhut von Athens berüchtigten Hetären.

Die nackte Brust des jungen Mannes glänzte vom Schweiß und hob und senkte sich auf eine Weise, die es Rhodopis schwermachte, selbst Atem zu holen. Sie war enttäuscht, als er seine züchtige wollene Tunika wieder anzog und seine Männlichkeit verbarg, die weitaus größer war als alles, was sie je in Stein gemeißelt gesehen hatte. Die Geschlechtsorgane seiner liebreizenden Partnerin waren weniger offenkundig, stellten für Rhodopis aber dennoch eine seltsam komplexe persönliche Offenbarung dar. Die Frau, die dazu auserwählt worden war, ihnen die Kunst der Liebe zu demonstrieren, war natürlich selbst eine Hetäre, während der junge Mann sich – ebenfalls nicht überraschend – ohne Bezahlung freiwillig gemeldet hatte. Rhodopis glaubte, sein Gesicht zu erkennen. Er sah aus wie einer der Sklaven, welche die üppigen Gärten der Villa pflegten, die man dem trockenen attischen

Boden abgerungen hatte (und die, wie Gerüchte besagten, angeblich auch die noch immer intakten erotischen Gelüste der alten Hetären stillten, welche die Schule gegründet hatten). Als er zu Beginn der Stunde seine Tunika abgelegt hatte, war ihr sein erigiertes männliches Organ im ersten Augenblick fast wie ein sehr großer Pilz mit einem außergewöhnlich langen Stiel und einem kegelförmigen Hut darauf erschienen. Er wirkte jedoch weitaus fester als ein Pilz, und Rhodopis wusste, dass die zu seinen Füßen kniende Hetäre ihn nicht aß wie Brot und Käse, obwohl sie sehr wohl an ihm leckte und ihn dann gierig in den Mund nahm, als sei er köstlicher als jedes Essen, das man Rhodopis je vorgesetzt hatte. Während dieses Teils der Demonstration hatte die Lehrerin ihre Mitschülerinnen ausdrücklich aufgefordert, die Augen offen zu halten, und ihr schockiertes oder gar angeekeltes Ringen nach Luft mit einiger Verärgerung, aber umso größerer Entschiedenheit unterbunden.

«An der Kunst der Fellatio ist nichts Beängstigendes oder Anstößiges», erklärte sie streng. «Sie stellt sogar die wichtigste Fertigkeit einer Hetäre dar. Wenn ihr es in dieser höchsten aller erotischen Künste nicht zur Vollkommenheit bringt, dann werdet ihr nur hutzeligen alten Männern zu Diensten sein!»

Die grässliche Prophezeiung zeitigte die gewünschte Wirkung, und die nassen, saugenden Geräusche, welche die erfahrene Hetäre bei der Demonstration ihres Könnens von sich gab, klangen in der angespannten Stille bedeutsam laut. Sie legte bei ihrer leidenschaftlichen Darbietung keine Pause ein, als die Lehrerin ihr Publikum maßregelte, und der Mann, der auf ihren auf und ab gehenden Kopf hinabblickte, schien ohnehin nichts anderes wahrzunehmen. Rhodopis prägte sich schon einmal ein, dass die Fellatio offenbar eine gute Möglichkeit war, die ungeteilte Aufmerksamkeit eines Mannes zu erlangen, doch da die Frau mit ihrem vollen Mund unmöglich sprechen konnte, musste sie wohl andere, kreative Möglichkeiten finden, um zu bekommen, was sie wollte. Nach einer Weile nahm die Hetäre die Hände von seinen Schenkeln und begann, sein Glied wie eine Flöte zu spielen, außer dass der einzige Ton, den sie hervorrief, ein tiefes Stöhnen war, das seinen Lippen entfleuchte, als er die Augen schloss. Seine Finger antworteten auf ihr subtiles Geschick, indem sie grob durch ihr feuerrotes Haar fuhren. *Zweifellos das Ergebnis regelmäßiger Anwendungen roten Pulvers*, dachte Rhodopis und biss sich auf die Lippe, als die Hetäre den Hodensack des Mannes so ehrerbietig mit einer Hand umfasste, wie sie es wahrscheinlich mit den mit Drachmen gefüllten seidenen Geldbeuteln tat, die sie von ihren zufriedenen Freunden bekam. Ihr Kopf und ihr Mund und ihre Hände bewegten sich alle im selben Rhythmus, während der hochgewachsene Körper ihres Partners unter den Klängen der lautlosen Musik, die sie mit seinem Fleisch erzeugte, leicht ins Schwanken geriet.

Im Allgemeinen kam Rhodopis mit ihren Klassenkameradinnen nicht allzu gut aus und hielt sich deshalb meist von ihnen fern, doch auch sie war entsetzt, als der Mann plötzlich den Kopf der Hetäre packte und ihr seine zügellose Fleischsäule ganz in den Mund rammte, hinab in ihre weiße Kehle. Doch im Gegensatz zu den meisten anderen Mädchen im Raum erfüllte diese Szene Rhodopis nicht mit einer plötzlichen Angst vor dem Beruf, für den sie schon in so jungen Jahren auserwählt worden war, dass sie sich nicht mehr daran erinnern konnte. Für sie stellte die zugleich brutale und raffinierte Darbietung eine faszinierende Herausforderung dar. Sie sah nämlich nicht nur, wie der Penis eines Mannes gewaltsam in den hilflosen Mund einer Frau eindrang – sie sah auch eine Frau, die vollständige Kontrolle über ihren Körper hatte, der auf geheimnisvolle Weise die Macht besiegte, die ihn zu erobern suchte, indem er sie absorbierte und akzeptierte, um am Ende für sich selbst etwas zwar nicht Greifbares, aber dennoch sehr Reales zu gewinnen. Zunächst schien zwar das, was sie für ihre Bemühungen erhielt, sogar noch schlimmer zu sein, als der Mann sie in den Stand zog, ihre Tunika öffnete und ihren Rücken auf die Liege zwang, damit er sich auf ihr ausbreiten und immer wieder seine fleischliche Waffe in ihren nachgiebigen Körper stoßen konnte. Rhodopis dachte, er müsse ihr ganz bestimmt wehtun, doch das befriedigte Lächeln im Gesicht der Hetäre, ganz zu schweigen von der Bereitwilligkeit, mit der sie die Beine spreizte, schien etwas anderes auszudrücken.

***

Rhodopis hatte eine gute Freundin namens Athenia. Sie war natürlich noch Jungfrau, denn die Keuschheit eines jeden Mädchens in der Schule wurde gehütet wie der Schatz, den sie für diejenigen darstellte, die von seinem Verkauf profitieren würden. Oberflächlich betrachtet war ihre Jungfräulichkeit alles, was Athenia mit ihrer Namensschwester gemein hatte, doch Rhodopis spürte in ihrer Freundin eine für sie äußerst anziehende Willenskraft, die durchdringender war als der Speer der Göttin. Athenia war unglaublich eitel, doch das war für eine künftige Hetäre durchaus eine Tugend. Die Mädchen durften nur selten die Schule verlassen – außer zu Besuchen in verschiedenen Tempeln an Festtagen, wenn sie in einer reizenden Prozession dem jeweiligen Gott oder der jeweiligen Göttin Früchte und Blumen als Opfer darboten –, waren sich aber sehr wohl der Tatsache bewusst, dass respektable junge Frauen ihres Alters ein gänzlich anderes Leben führten. Frei geborene Mädchen wurden großgezogen, um eines Tages zu heiraten und Kinder zu gebären, und nicht, um Männer zu unterhalten und mit ihnen auf ein und derselben geistigen Ebene Konversation zu betreiben – der einzige Grund dafür, warum Rhodopis und Athenia eine so gründliche

Ausbildung genossen. Sie durften auch nicht auf die andere Seite des weitläufigen Geländes, wo viele der früheren Schülerinnen ihrer Institution nun lebten und arbeiteten, alle ausgestattet mit dem Luxus eigener Räumlichkeiten, in denen sie fast jede Nacht einen oder mehrere Männer empfingen. Doch trotz allem wagten Rhodopis und Athenia mitunter, gegen die Regeln zu verstoßen. Spät in der Nacht stahlen sie sich dann aus der Schule und beobachteten die jeweils nach Sonnenuntergang beginnenden Festlichkeiten in der angrenzenden Villa. Athenia schien nichts weiter als andächtige Bewunderung zu empfinden für die Frauen mit ihren bemalten Gesichtern, ihrem kunstvoll frisierten Haar und ihren bestickten Tuniken. Rhodopis hingegen fragte sich, was sie wirklich dachten hinter ihrem leuchtend roten Lächeln und ihren mit Kajal geschwärzten Augen, während sie stattliche junge Athleten, würdige Staatsmänner, alte Philosophen und dunkelhäutige fremdländische Fürsten liebkosten und mit ihnen Konversation pflegten … die Liste könnte noch ewig fortgeführt werden, denn alle Männer suchten die sinnlich und geistig anregende Gesellschaft einer Hetäre, selbst solche, die eigentlich Jungen bevorzugten. Sie erkannten die beliebtesten unter den Hetären an der Zahl ihrer Armkettchen, die im Schein der Lampen beneidenswert schimmerten.

«Sieh dir doch mal das Kleid von der da an!», flüsterte Athenia. «So ein schönes habe ich noch nie gesehen! Es ist mit kleinen silbernen Sternen bestickt!»

«Das ist wirklich schön», stimmte Rhodopis zu, auch wenn sie sich fragte, wie viele Gewichte die fragliche Hetäre in den Saum ihrer Tunika eingenäht hatte, damit sie wie Nebel über ihre nackten Brüste fiel und ihre rotgeschminkten Brustwarzen durch das feine Gewebe deutlich hervortreten ließen.

«So werden wir auch eines Tages sein!»

Rhodopis schwieg. *Wenn wir nicht an einen reichen Libyer verheiratet werden*, dachte sie, *oder von karthagischen Kaufleuten entführt, um die Gier ihrer Herren nach hellhäutigen Sklavinnen zu stillen.* Nur die allerschönsten der gebildeten Hetären ihrer Schule wurden für hundert oder mehr *minae* zur Verheiratung feilgeboten, und vielleicht war das der Grund dafür, warum Rhodopis zwar in Literatur und Philosophie glänzte, sich aber nur halbherzig der Pflege ihres Äußeren widmete – weil schon der bloße Gedanke, Griechenland verlassen zu müssen und in irgendeinem barbarischen Teil der Welt zu landen, ihr Angst und Schrecken einjagte. Athenia dagegen schien sich solcher Gefahren nicht bewusst, und so verbrachte sie unendlich viel Zeit damit, auf ihrem immer lächelnden Gesicht die kosmetischen Künste ebenso zu praktizieren wie auf dem ernsthafteren Antlitz ihrer Freundin. Wenn sie auf ihrem oberen Lid einen rotbraunen Lidschatten auftrug und dann einen jadegrünen Ton auf den unteren Rand des Brauenbogens, erinnerten ihre grauen Iriden Rhodopis an Vollmonde, die sich in dem kleinen Spiegel aus polierter Bronze spiegelten – einem ihrer wenigen Besitztümer neben ihren Tuniken und ihren Ledersandalen. Als sie älter wurden, schien Athenia es immer mehr zu genießen, die zarte Haut um ihr Geschlecht zu enthaaren, so qualvoll die Prozedur auch war. Rhodopis starrte sie unwillkürlich an, wenn sie dabei mit gespreizten Beinen dasaß. Dieser Teil des weiblichen Körpers erinnerte sie immer an eine weiche, spiralförmige kleine Muschelschale, in der alle Geheimnisse der Tiefe widerhallten.

Sie lernten sämtliche Salben, Pomaden und Öle kennen, mit denen sie sich den ganzen Körper einreiben konnten. Rhodopis hasste es, sich nachts eine Mehlmaske fürs Gesicht zu machen, und war jedes Mal heilfroh, wenn sie sie am nächsten Morgen mit Milch wieder abwaschen konnte. Man lehrte sie, aus Gänsefett und Butter Schminke herzustellen, sich ordentlich die Zähne zu putzen und sich nach dem Baden mit einem Striegel die Haut zu schaben. Athenias Haar wies eine reichlich matte Färbung auf, und sobald man es ihr erlaubte, mischte sie sich eine spezielle Salbe aus gelben Blüten zusammen, die sie in ihr feuchtes Haar einmassierte und anschließend in der Sonne trocknen ließ, bis ihre Locken in einem dunklen Goldton glänzten. Rhodopis wand sich ruhelos auf einem Schemel, während ihre Freundin versuchte, sie in die Kunst der Herstellung perfekter Ringellöckchen einzuweisen. Sie band Rhodopis' langes, von Natur aus rotbraunes Haar mit Bändern zusammen oder kämmte es zurück und schlug es über einem Netz ein, nachdem sie ihm mit Hilfe der unterschiedlichsten Öle, deren Geruch es ihr besonders angetan hatte, einen matten Glanz verliehen hatte. Rhodopis hatte beobachtet, wie Küchensklavinnen ganze Büschel von Minze, Majoran und Thymian gepflückt hatten, mit denen der Koch ihre Eintöpfe würzte, doch künftige Hetären lehrte man, aus diesen Kräutern Essenzen herzustellen, durch deren Zugabe der Duft des unverzichtbaren Veilchenparfüms ein wenig abgewandelt werden konnte.

★★★

Eine Verspannung, mit der Rhodopis schon so viele Jahre gelebt hatte, dass sie die ständige Steifheit in Nacken und Schultern bereits für einen natürlichen Teil ihrer selbst hielt, verschwand davon, dass eine der arbeitenden Hetären der Schule genügend Wohlstand angehäuft hatte, um ihren eigenen Haushalt zu gründen, und Rhodopis auserwählt wurde, ihre Stelle einzunehmen. Zuvor aber hatte man ihre Jungfräulichkeit für eine schmeichelhafte Summe veräußert, die den Ausgaben für ihre Erziehung und Ausbildung entsprach. Der Mann, der ihr Jungfernhäutchen zerriss, war ein berühmter Arzt. Ihretwegen hätte es auch ein Zyklop sein dürfen; schließlich kam es ihr lediglich darauf an, für den Rest ihres Lebens in Griechenland bleiben zu dürfen und nicht in ständiger Angst davor leben zu müssen, an einen reichen Barbaren verheiratet zu werden.

Der erste Mann, dem es vergönnt war, die Freuden ihres weichen jungen Körpers zu genießen, hatte einst seinen Teil dazu beigetragen, Perikles über ein schweres Fieber hinwegzuhelfen, das ausgelöst war von Krabben, die offenkundig zu lange in der Sonne gelegen hatten. Rhodopis, die ihm schon deshalb wohlgesinnt war, weil es sich bei ihm um einen zivilisierten Griechen handelte, verbarg ihre Belustigung darüber, dass er sich wegen besagter Episode für eine Berühmtheit hielt. Man hatte sie darauf vorbereitet, dass ihr erster Beischlaf mit einem Mann nicht ohne Schmerzen abgehen würde, und in der Tat war die Erfahrung etwas quälend – wenn auch in erster Linie deshalb, weil der berühmte Arzt gewisse Schwierigkeiten hatte, sein bescheidenes Glied hart genug zu bekommen, um in sie zu dringen. Sie musste sämtliche Künste der Täuschung anwenden, die man ihr beigebracht hatte, um ihn glauben zu machen, dass das frustrierende Schlagen seiner knochigen Hüften gegen ihre zarten Schenkel das Aufregendste war, was sie je erlebt hatte. Nicht vorzutäuschen brauchte sie hingegen die Erleichterung, die sie empfand, als sein jämmerlicher Rammbock es endlich geschafft hatte, die Wand zu durchbrechen, die ihre Kindheit vom Rest ihres Lebens trennte. In ihrem Geiste waren diese beiden Phasen ihres Lebens wie zwei aneinandergrenzende Stadtstaaten; zwischen ihnen würde es immer einen mentalen und emotionalen Austausch geben, denn schließlich war sie noch immer dieselbe Person, die sie gewesen war, bevor der gute Doktor sie gezwungen hatte, um sein erbärmliches kleines Skalpell herum zu bluten.

Am folgenden Morgen zog Rhodopis in ihre neuen Gemächer ein. Sie versuchte, nicht an Athenia zu denken, als sie die kärglichen Einrichtungsgegenstände betrachtete, die sie von der scheidenden Hetäre geerbt hatte. Sie würde sie wohl mit Zukäufen ergänzen müssen, sobald sie es sich leisten konnte. Athenia, die so lange schon von dem Tag geträumt hatte, an dem sie und Rhodopis zusammen den Weg zu Ruhm und Reichtum einschlagen und zu den schönsten und begehrtesten Hetären der Stadt werden würden ... falls die Götter, denen alle Sterblichen gehörten, nicht vorher das Leben der einen oder anderen einforderten. Mochte die göttliche Athene nun erbost darüber gewesen sein, ihren Namen mit einem Mädchen zu teilen, das der Aphrodite geweiht war, oder die eifersüchtige Hera in der schönen und willensstarken jungen Frau ein mögliches Problem für die Zukunft gesehen haben – das traurige Ergebnis war aus Rhodopis' Sicht dasselbe. Zwei Jahre zuvor hatte sie ihre einzige Freundin an die Pest verloren, die ein Schiff aus Karthago mitgebracht hatte. Man hatte ihr nicht einmal erlaubt, Athenia zu pflegen oder im entscheidenden Augenblick bei ihr zu sein, als ihr Geist ihren reizenden Körper verließ. Man hatte die infizierten Mitglieder des Haushalts alle unter einem Dach versammelt und (wie man Rhodopis wiederholt versicherte) sich bis zum bitteren Ende gut um sie gekümmert. Ihre diesbezüglichen Zweifel behielt Rhodopis für sich. Die Pest hatte sie nicht angerührt, was der Beweis dafür war, dass die Götter sie zu ihrem ewigen Unglück nicht so liebten wie Athenia. Womöglich, sinnierte Rhodopis, während sie sich in ihren neuen Räumlichkeiten umsah, hatte die unbeschwerte Athenia auf mysteriöse Weise sehr viel mehr Glück gehabt als ihre ernsthafte Freundin, der nun ein einsames Leben mit Männern wie dem berühmten Arzt bevorstand, die blind zwischen ihren Beinen operierten.

Rhodopis bekam eine persönliche Sklavin zugeteilt, die ironischerweise Atalanta hieß, denn sie konnte vor ihrem Schicksal nie davonlaufen und war schon froh, statt eines goldenen Apfels gelegentlich einen frischen zu genießen. Atalantas vorheriger Besitzer musste einen perversen Sinn für Humor gehabt haben, denn während die legendäre junge Kriegerin langbeinig und groß gewachsen war und wallendes goldenes Haar besaß, war ihre Namensschwester klein, dunkelhaarig und kraftlos. Die persönliche Sklavin einer Hetäre fiel immer durch ihr unansehnliches Äußeres auf, um ihre Herrin im direkten Vergleich noch attraktiver erscheinen zu lassen. Rhodopis war sich nie sicher gewesen, ob die raubvogelartigen

Blicke der Gründerin ihrer Schule Zustimmung zur kastanienbraunen Schönheit ihres Haars signalisierten oder die feindselige Absicht, sie so rasch wie möglich aus dem Nest zu stoßen. Athenia hatte ihr wiederholt versichert, dass sie schön war, doch Rhodopis fühlte sich innerlich so anders, dass sie nicht sicher war, wie ihre äußere Erscheinung auf andere – vor allem auf Männer – wirkte.

***

Rhodopis' zweiter Kunde war ein alternder Staatsmann mit rabenschwarzem Haar und kalten dunklen Augen, der sie bald spüren ließ, dass in ihrer Bildung eine große Lücke klaffte. Sie sah sich gezwungen, diese Lücke innerhalb weniger Sekunden durch geschickte Improvisation zu überbrücken, denn einem der ersten Männer zu missfallen, die für ihre Gesellschaft bezahlten, konnte sich als verhängnisvoll für ihre Karriere erweisen und womöglich sogar dazu führen, dass man sie nach Phönizien verschiffte. Er zwang sie – und das für wahrhaft atemberaubend lange Zeit –, ihre ungeübten Fähigkeiten in der Kunst der Fellatio zu praktizieren, ohne auch nur den geringsten Hinweis darauf zu geben, ob er mit ihnen zufrieden war oder nicht, außer natürlich durch die unverminderte Festigkeit seines dankenswerterweise schlanken, eher unscheinbaren Gliedes. Ihre Knie waren schon ganz steif, als er sie hochzog und ihr mit solcher Wucht auf die Wange schlug, dass sie sich plötzlich auf dem gefliesten Boden inmitten zerbrochener Parfümflaschen wiederfand – ein finanzieller Verlust, den ihr bescheidener Lohn als Anfängerin kaum abdecken würde. Danach ging er ein wenig sanfter mit ihr um, aber nicht etwa, weil er sein Handeln bereut hätte; sie merkte am befriedigten Funkeln seiner verstörend schwarzen Augen, dass es ihn erregt hatte, sie zu schlagen. Aus seiner Nutzung ihres anderen, noch engeren Loches war ersichtlich, dass er entweder Knaben oder sehr junge Mädchen bevorzugte, und als sie zähneknirschend versuchte, ihre schmerzenden Eingeweide um seine quälenden Vorstöße zu entspannen, bedauerte sie von tiefstem Herzen sämtliche jungen Sklaven in seinem Haushalt.

Rhodopis erwartete nicht, dass die beiden Öffnungen, die sie mit Knaben gemeinsam hatte, die von ihm bevorzugten waren, aber sie wusste natürlich, dass ihre Erwartungen für Männer nicht wirklich zählten und für die Götter noch viel weniger. Manchmal war sie angenehm überrascht von der unaufdringlichen Sanftmut und der charmanten Konversation eines Gastes, doch bei anderen Gelegenheiten erreichte sie ein Maß an Unbehagen, das eines Olympiers würdig war. War Letzteres der Fall, versuchte sie sich abzulenken, indem sie sich einen Wettstreit unter Hetären vorstellte, der von Perikles persönlich sanktioniert war, dessen berüchtigte Geliebte Aspasia selbst eine

Hetäre war. Die meiste Zeit aber langweilte sie sich einfach nur.

***

Rhodopis arbeitete bereits seit sechs langen Zyklen des Mondes als Hetäre, als sie eines Abends den jüngsten Sohn einer angesehenen athenischen Familie empfing. Theron war auffällig gutaussehend, im Gesicht wie von Gestalt. Seine breiten Schultern, gutentwickelten Arme und muskulösen Beine deuteten darauf hin, dass er ein Athlet sein musste, doch die Klugheit, die aus seinen dunkelgrauen Augen sprach, war sie von Männern, welche die meiste Zeit ihres Lebens im Gymnasium verbrachten, nicht gewohnt. Das Angenehmste an ihrer neuen Wohnung war ein Portikus mit einem Vorhang, den Atalanta aufzog, um den Blick auf den duftenden Garten freizugeben sowie auf die leuchtenden Farben des Sonnenuntergangs, dessen karmesinrote Streifen am Himmel an jenem Abend an die Lippen einer Hetäre erinnerten. Rhodopis benutzte nicht die Schminke aus weißem Lehm, die viele ihrer Kolleginnen bevorzugten – vor allem jene, die ihre besten Tage bereits hinter sich hatten und vergeblich zu verbergen versuchten, wie viele Jahre sie bereits Männer empfingen, obwohl sich dies unübersehbar in Form stummer, aber traurig beredter Runzeln auf ihrer Haut abzeichnete. Rhodopis vertrat die radikale Ansicht, dass ihr Fleisch weitaus glücklicher war, wenn sie atmen konnte, und in der Tat betrachtete sie ihre weiche, makellose Haut als einen ihrer größten Vorzüge – vielleicht auch deshalb, weil es derjenige Teil von ihr war, den sie am besten kannte, zumal ihr Gesicht ihr in all den Spiegeln, die ihr zur Verfügung standen, eher wie ein reichlich verschwommener Fremder erschien. Überhaupt trug sie weniger Schminke auf als andere Hetären und zog es vor, immer nur einen einzigen Mann in ihren Räumlichkeiten zu empfangen, statt an den nächtlichen Gelagen teilzunehmen, die sie und Athenia einst beobachtet hatten.

Atalanta setzte Rhodopis und ihrem illustren Gast eine Reihe ausgewählter Gerichte sowie einen guten Rotwein aus Etrurien vor. Auf einem dreibeinigen bronzenen Tisch zwischen den beiden Liegen standen ein kleiner Teller mit Räucheraal und Spargelstangen, die mit Oregano gewürzt waren, eine Schale schwarzer Oliven mit Ziegenkäse, eine Schale mit in Essig und Honig gedünsteten und mit Blumenkohl verzierten Garnelen sowie Rhodopis' Lieblingsgericht: Tintenfisch, gekocht in seiner eigenen Tinte, mit Pinienkernen und Gerste sowie frischgebackenem Brot zum Eintunken.

Sie war nach den Aufmerksamkeiten ihres letzten Gastes an gewissen Stellen noch immer ein wenig schmerzempfindlich und hoffte, dass dieser hübsche junge Aristokrat über einen natürlicheren Geschmack verfügte. Außerdem war sie neugierig.

Nun, da ihr jungfräuliches Unbehagen gänzlich geschwunden war, fragte sie sich, ob sie beim Liebesakt womöglich auch noch etwas anderes empfinden könnte … etwas, das offenbar die Hetäre empfunden hatte, die sie vor zehn Jahren dabei beobachtet hatte, wie der mannhafte junge Gärtner sein Werkzeug immer tiefer und tiefer in sie schob, bis ihre Lippen in einem Lächeln erblühten, das sie bis zum heutigen Tag verfolgte …

«Die Abenddämmerung war schon immer meine liebste Tageszeit», erklärte sie und lächelte den ungeheuer attraktiven jungen Mann an, der für ihre Gesellschaft bezahlte, während sie an ihrem Wein nippten.

«Und woher kommt das?», fragte er von seiner Liege aus, die der ihren gegenüberstand. Er war jedoch nah genug, um die Hand auszustrecken und eine ihrer zarten Brüste durch ihre Tunika zu fühlen.

Man erwartete von ihr eine geistreiche Antwort, doch unter seiner Liebkosung kam die Wahrheit leichter über ihre Lippen. «Weil am Abend alles um so vieles weicher ist … Apollo hat dann seine blendend polierte Rüstung abgestreift und sein goldenes Haupt für die Nacht zur Ruhe gelegt, und andere, subtilere und geheimnisvollere Götter wie Dionysos werfen ihren schwarzen Umhang über, um in der Dunkelheit unter uns zu wandeln und den zartesten Blumen ihre süßesten Düfte zu entlocken, während wir ihre Liebkosung in der sanften Brise spüren, die das Kommen der Nacht verkündet sowie all die göttlichen Freuden, die in ihrer festen Umarmung auf uns warten …»

«Du bist ja eine richtige Dichterin, meine süße Rhodopis.» Er ließ seine Hand unter ihre Tunika gleiten, bekam eine ihrer langen Brustwarzen zwischen Daumen und Zeigefinger und zwickte sie, während er weitersprach. «Erzähl mir noch mehr.»

«Ihr macht es mir sehr schwer, mich zu konzentrieren, lieber Theron», beteuerte sie kokett. Auf ihren Wangen bildeten sich Grübchen, und ihre dunkelblauen Augen verengten sich, während sie unter vollen naturschwarzen Wimpern hindurch zu ihm hochblickte.

«Welches ist deine Lieblingsgottheit?», wollte er wissen, zupfte an ihrem Nippel und drückte ihn noch fester, bis ihr anderer Nippel sich mitfühlend unter der dünnen, fast durchsichtigen meergrünen Tunika aufrichtete, die sie erst in der Vorwoche erworben hatte.

Ihre Antwort verzögerte sich kurz, als sie sich zweier widersprüchlicher Empfindungen bewusst wurde – eines an Schmerz grenzenden, heißen Unbehagens in ihrer Brustwarze und eines anderen, subtileren Gefühls, das tief in ihrem Unterleib schwelte, entfacht von der Reibung seines Daumens und Zeigefingers … und plötzlich fachte der Blick in seinen Augen die merkwürdig atemberaubende Wärme in ihrem Bauch zu jenem mythischen Feuer des Verlangens an, das sie nie wirklich für möglich gehalten hatte, auch wenn sie manchmal gewagt hatte, von ihm zu träumen. «Wie könnt Ihr mich das fragen?», erwiderte sie schließlich. «Ihr kennt doch sicherlich den Namen der Göttin, die ich in meinem Beruf mehr zu ehren habe als all die anderen.»

«Wenn du mir jetzt erzählen willst, dass Aphrodite deine Lieblingsgöttin ist, bin ich sehr enttäuscht von dir, Rhodopis.» Er ließ von ihrer Brustwarze ab.

Das plötzliche Ausbleiben seiner Berührung, so unangenehm ein Teil von ihr sie auch empfunden hatte, bestürzte sie, und das wiederum wunderte sie sehr. Sie hatte nicht erwartet, sich jemals nach den Aufmerksamkeiten eines Mannes zu sehnen, geschweige denn, dass seine beiläufige Liebkosung die Selbstbeherrschung ins Wanken bringen konnte, die ihr, solange sie sich zurückerinnern konnte, immer so viel bedeutet hatte.

«Prometheus ist der Gott, den ich am meisten verehre», räumte sie ein, «denn zweifellos fühlt er mehr mit uns als alle Götter des Olymp, die nie am eigenen Leib erfahren mussten, was es heißt, wenn der Geist in Fleisch und Blut eingesperrt ist.»

Sein Lächeln ging gleichzeitig von seinen Lippen und seinen Augen aus. «Ein so liebreizender Körper wie der deine kann doch wohl so unerträglich nicht sein, Rhodopis.»

«Nein, das nicht …» Sie dachte daran, wie Athenia an der Pest gestorben war. «Aber mitunter verübelt mein Geist ihm, sich seinen Bedürfnissen unterwerfen zu müssen.»

«Aber sind diese Bedürfnisse nicht auch Freuden, wie zum Beispiel diese köstlichen Speisen hier und dieser feine Wein, der nicht nur unseren Sinnen schmeichelt, sondern auch unserem Geist hilft, sich in ungeahnte Höhen zu schwingen? Vielleicht sehnt sich dieser Geist, wie du ihn nennst, ja sogar danach, von deinem entzückenden Körper umschlossen zu sein, und wer weiß – vielleicht empfindet er das lebende Grab zwischen deinen Schenkeln zugleich als sicheren und anregenden Ort.»

«Was für eine herrliche Vorstellung!», rief sie, und das Lächeln, das sie ihm schenkte, war ebenso bewundernd wie echt. Ihre Spiegel lagen im Schlafzimmer, aber die brauchte sie nicht. Zum ersten Mal sah sie in den Augen eines Mannes, wie schön sie war. Ihr neckisches Lächeln verschwand und wurde ersetzt durch einen Ausdruck, der sich fast wie Wut anfühlte, als sie das erste Mal das berauschende Gefühl empfand, von einem Mann begehrt zu werden, den auch sie begehrte.

«Ich denke, ich verstehe dich, aber vielleicht könntest du mir erklären, was genau du unter deinem Geist verstehst?», fragte er nüchtern und trank den Wein aus seinem Pokal.

«So ganz genau kann ich das auch nicht erklären …» Sie blickte an ihm vorbei auf den Himmel, der sich zu dem leuchtenden Grau sämtlicher Schatten des Hades verwandelt hatte … einschließlich der hübschen, lachenden Athenia, deren mühsam erarbeitete goldene Locken nun für alle Ewigkeit unter einer schwarzen Kutte verborgen waren …

Atalanta kehrte zurück und fragte sie mit züchtig niedergeschlagenen Augen, ob sie mehr Wein wünschten.

«Ja», erklärte Theron. «Dionysos ist nämlich *mein* Lieblingsgott.»

Rhodopis lachte, wie sie manchmal mit Athenia gelacht hatte, und als sie diese ihr nicht mehr vertrauten Laute hörte, hielt sie inne. «Bitte schließ die Vorhänge, Attie», befahl sie sanft.

★★★

Theron ging erst, als bereits der erste Vogel zwitscherte und die Ankunft von Apolls Kutsche am Horizont ankündigte. «Das ist kein gewöhnlicher Sonnenaufgang», flüsterte er ihr ins Ohr und strich ihr übers Haar, das den größten Teil der Nacht über im Lampenlicht wie kühle Flammen durch seine Hände geflossen war. Ihr kleiner Raum war in das Heiligtum eines Tempels verwandelt worden, wo Rhodopis mit einem Mann, der erreicht hatte, dass sie sich selbst wie eine Göttin fühlte, fast schon an die Götter glaubte. Keine von Aphrodites Statuen konnte je eine so geschickte und ehrerbietige Behandlung erfahren haben. Die Kniffe ihres Berufsstands fielen wie Samen von ihr ab und ließen nur die verletzliche Blume einer Freude zurück, wie sie sie nie zuvor erlebt hatte. Sie versuchte, nicht zu vergessen, dass die Magie zwischen ihnen beiden dazu verdammt war, sich mit der aufgehenden Sonne zu verflüchtigen. Er würde weggehen, und am Abend würde dann ein anderer Mann an seine Stelle treten, und sie würde wieder Herrin ihres Schicksals sein. Obwohl der körperliche Akt bei Theron derselbe war wie bei allen ihren anderen Gästen, fühlte er sich doch vollkommen anders an. Nachdem sie ihn rituell von seiner Kleidung befreit hatte, zog sie sich unter seinen Blicken selbst aus. Sie breitete ihrer beider Kleider über ihrer bemalten Holzkiste aus und fiel dann, ohne dass er sie darum bitten musste, vor ihm auf die Knie.

«Oh, meine süße Rhodopis ...», murmelte er und befingerte die violetten Bänder, die Attie ihr ins Haar geflochten hatte. «Wie bekomme ich die ab?», fragte er.

Widerstrebend nahm sie seinen Penis aus dem Mund, um ihm zu antworten. «Ich fürchte, die sind mir ein ebenso großes Geheimnis wie Euch.» Sie lächelte zu ihm hoch, und was sie sah, ließ ihr Herz vor Verwunderung höherschlagen. Apoll höchstpersönlich konnte großartiger nicht sein. Seine Bauchmuskeln waren hell und fest wie Marmor im Lampenlicht und seine Schultern breit genug, um zum Horizont der Welt einer Frau zu werden. Doch was sie am meisten erregte – und sie vom ersten Augenblick an erregt hatte –, war der Ausdruck in seinen Augen, so durchdringend ernst, wie sein Haar weich und hell war. Sein Anblick, während er über ihr aufragte wie die Statue eines Gottes, inspirierte sie, beim Akt der Fellatio mehrere Stufen zu überspringen und ihm sofort das ultimative Opfer ihres Atems zu bringen, indem sie ihren schlanken Hals mit seiner Erektion füllte. Sie gab ihre Kehle seiner zarten Kuppe preis, während ihre Arme die harten Säulen seiner Schenkel umfassten, um ihn dazu zu bringen, sich vorzubeugen, damit sie auch noch das letzte bisschen seines kräftigen Schafts in ihre hingebungsvolle Öffnung brachte.

«Bei den Göttern!», keuchte er und glitt doch schon im nächsten Augenblick aus ihr heraus. Dann zog er sie auf die Beine.

«Habe ich Euch etwa nicht gefallen?», fragte sie schwer atmend, ängstlich und verwirrt, denn diesmal machte sie sich nicht nur Sorgen um das Geld.

«Du hast mir besser gefallen, als ich in Worte fassen kann, Rhodopis, aber es gibt noch andere, noch lieblichere Gefilde, die zu erforschen ich kaum erwarten kann.» Er hielt ihre Hand, als sie auf den Schemel trat und sich auf der Liege ausstreckte, die Attie für den Abend mit einem dünnen violetten Tuch geschmückt hatte, das mit grünen blühenden Ranken bestickt war. «Du bist die schönste Frau in Athen», erklärte er ruhig, und sie verbarg ihre Enttäuschung ob des abgedroschenen Kompliments und schalt sich selbst dafür, dass sie von einem Kunden mehr erwartet hatte. «Wie ich sehe, glaubst du mir nicht», fügte er hinzu. «Vielleicht muss ich mich ja auf andere Weise ausdrücken … es ist, als hätten die Götter dein Gesicht und deine Figur eigens dafür geschaffen, um mir zu gefallen … Dreh dich um», befahl er, und sie gehorchte ihm willig und legte sich auf die Seite, während er sich hinter sie gesellte und sie allein durch seine überlegene Größe und Kraft erregte. Er schob seine Hand zwischen ihre Schenkel und hob eines ihrer Beine an, um ihr Geschlecht besser sehen zu können. Seine Erektion drückte fordernd in ihren Rücken, und eine süßere Bedrohung hatte sie nie erlebt. «Ein bisschen höher», flüsterte er ihr ins Haar, und wieder gehorchte sie ihm bereitwillig. Sie hatte immer schon Gymnastik betrieben, und Dehnübungen gehörten nach wie vor zu ihrem Schönheitsprogramm, weshalb es ihr keine Mühe bereitete, ihr Bein anmutig nach oben zu strecken, während seine Fingerspitzen sanft die Blütenblätter ihres Geschlechts erkundeten, als suchten sie nach etwas. Erst jetzt merkte sie, wie sie auf vollkommen natürliche Weise und ganz ohne die Hilfe duftenden Öls feucht und glitschig geworden war, und sie stöhnte auf, als er seine Fingerspitzen in den oberen Teil ihres Venushügels drückte. Er war für sie der erste Mann, der diesen köstlichen Punkt in ihrem Fleisch zu kennen schien, und sie fragte sich mit einem plötzlichen Schauer der Erregung, ob er wohl in die Eleusinischen Mysterien eingeweiht war, was auch seine beiläufige Verachtung der gängigen Mythologie erklärt hätte. Dann hörte sie ganz auf zu denken, als seine dicke harte Rute langsam ins Herz ihres Fleisches vorzudringen begann. Er liebkoste sie weiter an jener speziellen Stelle, während seine andere Hand ihr das Haar aus dem Nacken strich, damit er sanft, aber besitzergreifend hineinbeißen konnte.

«Oh, Theron!», hauchte sie. Als ihr Bein allmählich ermüdete, griff sie hoch an ihren Knöchel, um es oben zu halten, und öffnete sich vollständig für ihn – aber nicht weil er sie dafür bezahlt hatte, sondern weil seine langsamen, tiefen Stöße sich so unglaublich gut anfühlten. Er ließ sie so feucht werden, dass der Geruch den kleinen Raum zu erfüllen schien wie heiliger Weihrauch, und die leisen, nassen Laute seines in ihren Körper hinein- und wieder herausgleitenden Gliedes erschienen ihr bedeutungsvoller als jedes noch so lautstarke Tieropfer. Zum ersten Mal sehnte sich Rhodopis nach dem heißen Trankopfer des Samens eines virilen Mannes tief in ihrem Innern, doch es sollte nicht sein, zumindest noch lange nicht … nicht bevor er sie in allen möglichen Positionen, von denen man ihr zwei noch nicht einmal beigebracht hatte, genommen hatte …

«Ich möchte, dass du eine Zeit lang nur mir allein gehörst», sagte er zu ihr, bevor er sie in der Morgendämmerung verließ. «Hast du mich verstanden?»

«Ja, ich habe verstanden, Theron.» Sie starrte auf

seine dicht mit Türkisen besetzten Sandalen. «Eine Zeit lang …»

Er griff nach ihren Armen mit einer Dringlichkeit, die sie überrascht nach Luft schnappen und erneut in seine Augen blicken ließ. «Wir wissen nicht, was die Götter für uns bereithalten, Rhodopis. Vielleicht ist uns in diesem Leben ja nur eine kurze gemeinsame Zeit vergönnt.»

★★★

In Athen ging bald das Gerücht um, dass der jüngste Sohn eines der angesehensten Bürger der Stadt in eine Hetäre verliebt sei. Das war aber weder eine gute noch eine schlechte Nachricht, sondern lediglich eine Klatschgeschichte, über die man sich bei ägyptischem Bier in einer Taverne oder bei Wein von der Insel Chios in wohlhabenden Haushalten amüsierte. Jedem war klar, dass diese kleine Affäre Therons geplanter Hochzeit nicht in die Quere kommen würde, zumal man die Tatsache, dass er die Gesellschaft einer Hetäre genoss, als traditionellen und durchaus bewundernswerten Bestandteil seines Lebens erachtete. Theron hatte Rhodopis den Umgang mit anderen Männern nicht ausdrücklich verboten, aber es galt zwischen ihnen beiden als abgemacht, dass sie «eine Zeit lang» ausschließlich für ihn da war, zumal sie es wahrlich nicht nötig hatte, andere Kunden zu unterhalten. Welch wohlhabenden Liebhaber sie hatte, war beim besten Willen nicht zu übersehen. Ihre beiden kleinen Räume und ihr Säulenvorbau reichten kaum aus, um all seine Geschenke unterzubringen. Darunter waren auch Schmuckstücke wie Ohrringe aus Gold und Türkisen oder verschiedene silberne Armbänder, versteckt in ihrer Truhe zwischen den Falten ihrer ständig wachsenden Zahl von Kleidungsstücken aus feinstem, kunstvoll besticktem Stoff, zusammen mit den Quitten, die sie frisch halten sollten. Zudem hatte sie sich eine größere Geldkassette zulegen müssen, um ihren wachsenden Schatz an Drachmen unterzubringen. Somit war es schwer zu erklären, warum Rhodopis von Tag zu Tag trauriger wurde. Sie war das meistbeneidete Mädchen ihrer Klasse, eine Ehre für ihre Schule und in der ganzen Stadt bekannt. Ihr Name kam über die Lippen der angesehensten Athener, und womöglich hatte selbst Perikles von ihr gehört. Dass ihr Name auch in den stinkenden Mündern der Hafenarbeiter war sowie der Huren, die sie bedienten, spielte keine Rolle. Ihre Kenntnisse der Philosophie und der Geschichte, die kostbaren Stoffe ihrer Tuniken, die Qualität der Öle, mit denen sie ihren Körper parfümierte und ihr Haar pflegte – all dies und noch viel mehr hob sie weit über jede gewöhnliche Prostituierte. Die leidenschaftliche Protektion durch einen reichen Mann war ein Vorteil, den zu genießen sie niemals erwartet hatte.

Rhodopis wurde immer verzweifelter und fürchtete sich vor dem Tag, an dem Theron ihrer Reize müde werden würde. Sie erlaubte sich nicht zu hoffen (auch wenn ihr der Gedanke immer wieder kam), dass sie ebenso wie Aspasia mit der unsterblichen Liebe eines Mannes gesegnet sein könnte. Sie tröstete sich, indem sie sich vorstellte, wie stolz Athenia auf sie gewesen wäre. Athenia wäre nicht so dumm gewesen, sich vom Verlust eines Mannes niederschmettern zu lassen, der ihr bereits so viel gegeben hatte. Rhodopis fürchtete sich nicht davor, erneut ihrem Gewerbe nachgehen zu müssen. Was sie in Angst und Schrecken versetzte, war der Gedanke daran, wie sehr sie Therons Gegenwart vermissen würde; wie sehr sie sich wünschen würde, sich beim gemeinsamen Essen mit ihm zu unterhalten, während sie einen geringeren Mann bediente; wie sehr sie sich danach sehnen würde, ihn in sich zu spüren und um sich herum und die Wärme seines Atems, während er ihr wunderbare Dinge ins Ohr flüsterte, die zu glauben ihr leichtfiel, während er sie liebkoste. Mit seinen wertvollen Geschenken hatte er sie bereits zur wohlhabenden Frau gemacht. Nach weniger als einem Jahr stand sie schon viel näher vor der Gründung ihres eigenen Haushalts, als sie je erwartet hätte. Doch nichts von dem, was sie jetzt besaß oder je besitzen würde, konnte sie jemals über den Verlust von Therons einzigartig anregender Gesellschaft hinwegtrösten. Er versicherte ihr, dass selbst nach seiner Hochzeit sich zwischen ihnen nichts ändern würde, und sie lächelte, küsste seine festen Lippen und tat so, als würde sie ihm glauben.

Dennoch fiel es ihr immer schwerer, ihre wahren Gefühle vor ihm zu verbergen, denn je heftiger er in sie stieß, desto tiefer wurde ihre Traurigkeit. Nicht nur dass sie die Kontrolle über ihr Leben verloren hatte – es kümmerte sie gar nicht mehr, denn alles, was für sie noch zählte, war die Zeit, die sie zusammen mit ihm verbrachte, und ihre Angst, dass das alles bald ein Ende haben würde. Sie war geradezu süchtig nach dem Glück, das sie empfand, wenn sie zusammen waren, und auch wenn sich an ihrem Tagesablauf nichts änderte, dachte sie, wann immer sie ihre gymnastischen Übungen machte oder badete, Attie sie mit Öl einrieb und massierte und ihr Haar richtete, sie ihre Schminke auftrug und Essen und Wein für den Abend auswählte, sie sich in einer gemieteten Sänfte auf den Marktplatz tragen ließ oder zum Tempel der Aphrodite, wo man von ihr regelmäßige Opfergaben erwartete, die ganze Zeit über nur daran, dass sie Theron am Abend wiedersehen würde.

⋆⋆⋆

Er stieß so wütend in sie, als wäre sie sein Todfeind, doch selbst als er sie mit seiner leidenschaftlichen Stärke eroberte, war er derjenige, der im zeitlosen Raum der engen, warmen Grenzen ihres innersten Fleisches, die ihn umgaben, die Kontrolle über sich verlor. Technisch betrachtet war es lediglich sein Penis, über den ihr unendliches Verlangen nach ihm so viel Macht hatte, doch wenn seine Männlichkeit von der Lust überwältigt wurde, ragte sie aus seinem Körper wie der Botschafter seiner Gefühle, die auf eigene Faust in ihre exotischen Tiefen reisten, wo sie nicht mehr der Herrschaft seines Geistes unterlagen und auch der oberflächlichste und zugleich tiefste Teil von ihm auf mysteriöse Weise ihrem Kommando unterworfen war. Es war ein angenehm freudiges Gefühl für Rhodopis, auf dem Rücken zu liegen mit ihm auf sich, zumal er für gewöhnlich anstrengendere Stellungen bevorzugte. Er verlagerte ihren Körper ein wenig und umfasste eine ihrer Hinterbacken mit festem Griff. Die Intensität der Wonne, die seine heftigen Stöße in ihr auslösten, ließ sie aufschreien, als er einen Finger in ihren Anus steckte und sie zwischen seinen zustoßenden Hüften und seinem Klammergriff fixierte, während er sich mit dem Gefühl ihrer beiden so unterschiedlichen Öffnungen stimulierte. Sie wusste aus glorreicher Erfahrung, dass er den intensiven Gefühlen, die ihn überkamen, wenn er sie auf diese Weise benutzte, nicht lange widerstehen konnte. Sie stöhnte unter seinen zunehmend heftigen Penetrationen, während sein Gesicht seitlich an ihrem Hals lag und sein Atem in ihrem Ohr wie ein Sturm tobte, der eines Zeus höchstselbst würdig gewesen wäre. Es war fast schon unerträglich, wie sehr sie das Gefühl seiner in ihr anschwellenden und pulsierenden Erektion liebte, bis sie nicht mehr größer werden konnte und sein edler Samen in einer schäumenden Woge gegen das leblose Ufer ihres Schoßes krachte. (Eine von Atties wichtigsten Pflichten bestand darin, Tag für Tag den Tee zuzubereiten, der ihre Herrin vor einer Schwangerschaft bewahren sollte.)

Danach lag er schwer atmend, als sei er tödlich verwundet, quer über ihrer Liege, während sie leichtfüßig über den Schemel auf den kühlen Boden herabstieg. Er hatte ihr die Kleider schon beim Betreten ihres Zimmers vom Leib gerissen und sie genommen, ohne sich die Mühe zu machen, sich selbst auszuziehen. Das Essen und der Wein, die Attie für sie im Portikus angerichtet hatte, waren noch immer unberührt, und als Rhodopis ihre hingeworfene Kleidung aufhob, freute sie sich bereits darauf, die Vorhänge aufzuziehen und den Sonnenuntergang zu genießen, während sie aßen und sich unterhielten. Vielleicht würde sie sogar Attie bitten, für sie leise im Hintergrund die Kithara zu spielen …

«Ich habe dir nicht erlaubt, dich anzuziehen», sagte Theron abrupt, und sein Tonfall bewirkte, dass sie überrascht ihren Peplos fallen ließ. «Ich werde beim nächsten Vollmond heiraten», kündigte er an.

Auf einmal schien die ganze kalte Finsternis des Hades ihre Brust zu erfüllen. «Ich werde Hymen im Tempel ein Opfer für dein Glück darbringen», brachte sie lediglich hervor.

Er sprang von der Liege, ohne den Schemel zu benutzen, und der Zorn, den er ausstrahlte, erinnerte sie an die aufgeladene Schwere der Luft bei einem Gewitter. Er nahm ihre Brüste grob in die Hände und starrte auf sie herab, während er sprach. «Mehrere Monde nach der Zeremonie, wenn ich genügend Zeit gehabt habe, meine Ehe zu vollziehen», begann er und drückte dabei ihre weichen Hügel auf schmerzhafte Weise, doch der Schmerz in ihrem Herzen war bereits so schlimm, dass sie es kaum wahrnahm, «werde ich Athen verlassen, um mein Amt als Botschafter in Syrakus anzutreten.»

Und ich werde mir mein Haar abschneiden und mich nach dem Tag sehnen, an dem ich mich Athenia in einer empfindungs- und gedankenlosen Dunkelheit anschließen kann, in der ich mich hoffentlich nicht mehr daran erinnern kann, dass ich ohne dich nicht leben wollte. Sie konnte ihm nicht in die Augen schauen, denn für die Last ihrer Tränen hatte er nicht bezahlt. Alle seine Geschenke und Drachmen waren eine Ehre, die sie verraten würde, indem sie ihre Gesellschaft für ihn nicht immer so angenehm wie möglich machen würde.

«Sieh mich an, Rhodopis.»

Sie hatte einen Kloß in ihrer Kehle, der so schrecklich war wie das Stück Granatapfel, das Persephone närrischerweise verschluckt hatte, weil sie – noch närrischer – sich tief in ihrem Innern zu hoffen erlaubt hatte, sie und Theron würden für immer zusammenbleiben, und so blickte sie verzweifelt blinzelnd hoch in sein Gesicht mit Augen, die so leuchtend blau waren wie das Meer bei Sonnenaufgang, und salzigen

Tränen darin, die von einem Schmerz zeugten, dessen Tiefe sie ihm nicht zu offenbaren wagte.

«Meine Frau wird hier in Athen bleiben», fügte er ruhig hinzu, «aber du wirst mit mir fahren.»

Sie lachte.

Er ließ sie los und trat einen Schritt zurück. «Amüsiere ich dich etwa?»

«Nein, Theron, bitte vergib mir, ich bin diejenige, die sich amüsiert! Mein ganzes Leben lang dachte ich immer, mir wäre nur eines wirklich wichtig – niemals Griechenland verlassen zu müssen. Jetzt aber muss ich feststellen, dass die Wege der Götter mitunter verschlungener sind, als ich geglaubt hätte. Sie haben mir einen Streich gespielt, denn liebend gern fahre ich nun ans Ende der Welt und sogar darüber hinaus, zu Ländern, von denen Odysseus nicht einmal träumte, wenn ich nur mit dir sein darf.»

«Dann soll es so sein.» Er lächelte und zog sie in den liebevollen Hafen seiner Arme.

* Gilt als eine der ältesten Versionen der Aschenputtel-Geschichte. Erstmals aufgezeichnet vom römischen Historiker Strabo im 1. Jahrhundert v. Chr.

Prinz Maj-Ra

Altes Ägypten, Neues Reich,
ca. 1000 v. Chr.

«Das, was getrennt war, ist zum Ganzen gefügt, und das, was verloren war, ist gefunden … So wie das Kind von zwei Elternteilen stammt, so wird ein im Alleinsein nie gekannter Frieden, eine bisher nie erfahrene Weisheit die eure sein, so wird euch eine Macht durchströmen, welche euch niemals zuvor durchflossen, im Angesicht dieser Vereinigung eures Geistes in Meinem Namen.

Joan Grant, Augen des Horus

Nefra versuchte zu verstehen, was es war, das Prinz Maj-Ra von anderen unterschied. Sorgfältig wog sie seine Eigenschaften auf den Waagschalen ihres Herzens und ihres Verstandes ab, doch sie konnte den Ergebnissen nicht recht trauen, denn das Verlangen ist nicht Maats Feder der Wahrheit. Verlangen ist schwer wie das Fell eines Löwen und handelt so rasch wie eine Katze, die eine arglose Maus anspringt – und genau das geschah auf geheimnisvolle Weise mit ihr in dem Augenblick, als sie ihn im Hof ihres Vaters zum ersten Mal sah. Zweifellos würden die zweiundvierzig Richter seinen Charakter als ebenso fehlerhaft einstufen wie einen alten Frachtkahn, doch aus Nefras Sicht war er schön genug, um mit Leichtigkeit Nephtys Herz zu erobern. Seths sinnliche Gefährtin konnte, wenn sie im Gerichtssaal hinter Osiris' Thron stand, gar nicht anders, als Maj-Ras Körper zu lieben, und selbst ihre strahlende Schwester Isis würde bald im verzauberten Netz seiner Weisheit und seines Scharfsinns zappeln.

Nefra wusste, dass die Tochter eines kleinen Adligen nichts tun konnte, um dem zu entfliehen, wofür ihre Schwestern sie beneideten, während sie sich über die Vergnügungen ausließen, welche die Königsstadt bereithielt. Es machte sie traurig und verwirrt, ihnen zuzuhören, denn sie verspürte keinerlei Wunsch, sich dorthin zu begeben. Liebend gern hätte sie diese Freude einer ihrer Schwestern überlassen, doch aus irgendeinem Grund hatte der Prinz sich für sie entschieden. Seine Augen leuchteten in einem erstaunlichen Hellblau – seine Großmutter war eine fremdländische Prinzessin gewesen –, und zuerst dachte Nefra, dies sei schon alles, was ihn von anderen Männern unterschied. Als er sie anstarrte, überkam sie das Gefühl, sich in ihm klarer widerzuspiegeln als in ihrem polierten bronzenen Spiegel. Als sie dann allein in ihrem Schlafzimmer war, ertappte sie sich dabei, wie sie neugierig ihre zarten Brüste streichelte. Sie fühlten sich lieblicher und auf geheimnisvolle Weise einzigartiger an als reifende Früchte in dem Nebel, der sanft den ersten Morgen des Prinzen als Gast in ihrem Haus einhüllte. Als er dann nach ein paar Tagen die bescheidene Gastfreundschaft ihres Vaters ernsthaft zu genießen schien, keimte in ihr der Verdacht auf, dass Maj-Ras Augen so besonders waren, weil sein Ka dies auch war.

Nefra wollte keine Konkubine in der Königsstadt werden, doch sie konnte nicht verhindern, dass ihr Herz für Maj-Ra entflammte. Sie war verängstigt wie Wildgeflügel angesichts seiner katzenhaften Schlankheit, aber zugleich unwiderstehlich hingezogen von seiner Art zu gehen, die so anmutig stramm wirkte und eine unsichtbare Entschlossenheit ausstrahlte. Er war des Pharaos jüngerer und liebster Sohn, und man hatte ihm nie einen Wunsch abgeschlagen, weshalb es umso merkwürdiger war, dass er nicht einmal verärgert schien, als er ihre Mutter um sie bat und Nefra ablehnte. Er reagierte schweigend und mit so unschuldig weit aufgerissenen, klaren Augen, dass Nefra sich an seinen Lieblingshund erinnert fühlte. Beide schauten sie an, als habe sie ihnen soeben befohlen wegzufliegen, aber natürlich konnten sie nicht gehorchen. Nefra wurde diskret aus dem Raum gezogen, woraufhin man ihr erklärte, welch große Ehre ihr zuteil wurde, aber sie hörte nicht zu, weil sie an die Art und Weise denken musste, wie sich sein braunes Haar um seine Miene kräuselte, als sie sich ihm verweigert hatte. Er trug nicht gerne zeremonielle Perücken und ließ sein Haar fast bis auf die Schultern wachsen.

Da er die meisten seiner Schätze in der Königsstadt aufbewahrte, schenkte Maj-Ra ihr vorerst eine Krone aus goldenen, unendlich fein gearbeiteten Schlingpflanzen, die sich so umeinanderrankten, als wären sie echt, und mit Blüten aus Lapislazuli besetzt waren; einen Gürtel aus kleinen goldenen Fischen, die über einem halb durchsichtigen Kleid aus wasserblauem Leinen anhänglich um ihre Hüften schwammen; eine große hölzerne Truhe mit Einlegearbeiten aus Gold und gefüllt mit farbenprächtigen Fayence-Armreifen und Halsketten mit Blumenmuster; und ein Kästchen aus Ebenholz voller Tiegel mit Salben sowie Kajalpuder und Malachit für ihre Augen.

Im Gegenzug überreichte Nefra Maj-Ra eine kleine elfenbeinerne Kassette zur Aufbewahrung seiner goldenen Ringe sowie eine weiße Lampe aus Alabaster in Form dreier Lotusblüten für sein Schlafgemach.

Am Morgen nach diesem feierlichen Austausch verließ Nefra das Haus ihres Vaters in Begleitung ihrer Lieblingsdienerin, scheu hinter den Vorhängen ihrer Sänfte verborgen, die sie vor der sengenden Sonne schützten und vor der blendenden Masse von Gold auf Maj-Ras Barke. Am überfüllten Kai traten alle vor dem Gefolge des Königssohns rasch beiseite. Die braunen Reihen der Schultern seiner Ruderer vermittelten der starrenden Menge das ebenso erfrischende wie beruhigende Gefühl göttlicher Gelassenheit, während die Spitzen der Speere seiner Leibwächter an jenem windigen Morgen glitzernd wie der Nil in die Höhe ragten.

Auf dem schlanken Gefährt suchte ihr neuer Herr Nefra den ganzen Tag lang nicht ein einziges Mal auf, was sie zugleich erleichterte und bestürzte. Sie saß unter einem Baldachin aus Leopardenfell, während ein ansonsten starr wie eine Statue dastehender, großgewachsener nubischer Diener ihr mit einer Straußenfeder Luft zufächelte. Seine muskulöse schwarze Brust glänzte von Schweiß, der sie in ihren Augen weitaus wertvoller erscheinen ließ als Ebenholz. Sie beobachtete, wie Ra auf dem Wasser spielte – eifrig und energisch wie ein Kind am Morgen, durchdringend intensiv am Mittag und mit einem weicheren, eher meditativen Schein am Nachmittag. Als dann die Barke des Sonnengottes ihre Reise durch die Unterwelt antrat, legte Maj-Ras Barke am westlichen Ufer an.

In den leidenschaftlichen Seufzern des Abends vor der bevorstehenden Nacht zitternd, wurde Nefra vom dunkelhäutigen Diener zu einem großen Zelt geleitet. Eine Lampe hinter dem weißen Leinen ließ das Zelt wirken, als sei es von allen ihren reinen Erwartungen erleuchtet. Der Nubier zog den Vorhang zur Seite, und sie sah, wie Maj-Ra mit geradem Rücken wie ein junger Gott dasaß.

Er stand lächelnd auf, als sie eintrat. «Nefra …» Er sprach immer sehr sanft zu ihr.

«Mein Herr …»

«Für dich bin ich ab jetzt Maj-Ra.»

«Ihr seid beides», wagte sie ihn zu berichtigen. «Und dennoch hege ich nicht den Wunsch, Eure Konkubine zu werden – ebenso wenig wie jede Nacht Stück um Stück von einem Krokodil gefressen zu werden, bis Ihr meiner satt seid und Euch frisches Fleisch sucht.»

«Schwester!», lachte er. «Ich habe mit dir so viele Male geträumt! Als du dich geweigert hast, meine Frau zu werden, freute ich mich, denn du warst schon immer so köstlich eigensinnig, wenn wir zusammen schliefen.»

Nefra konzentrierte sich auf den Brustschmuck des Prinzen, auf dem Horus die rote Sonne der Ewigkeit und den blauen Horizont fest in seinen Klauen hielt. Die edelsteinbesetzten Schwingen des Gottes waren weit ausgebreitet, und im unsteten Licht der Lampen glaubte sie schon, sie schlügen wie ein Widerhall der stetigen Kraft seines Herzens. «Ich erinnere mich nicht an diese Träume, Maj-Ra», flüsterte sie.

«Ich weiß, Nefra, du hast mir erzählt, du könntest dich nach dem Erwachen nicht mehr an unsere Zusammenkünfte erinnern, aber ich habe nach dir gesucht. Du bist der Grund dafür, dass ich immer die Gastfreundschaft eines Adligen mit Töchtern angenommen habe.»

«Aber woher wusstet Ihr, dass ich keine Dienerin war oder eine –»

«Weil du mir einmal erzählt hast, dass du gerne vor Ras Erwachen durch deinen Garten wandelst, und ich schon am ersten Morgen in deines Vaters Haus, als ich aus dem Fenster schaute und dich ruhelos durch den Nebel schreiten sah, als wärst du verwirrt und traurig ob der Tatsache, dass du dich an deine Träume nicht erinnern konntest, wusste, dass ich dir eines Tages dabei helfen würde.» Er berührte ihre Hände, die sich fest an ihren leinenen Umhang klammerten. «Du brauchst nichts vor mir zu verbergen, Schwester …»

Sein Tonfall beruhigte sie, und sie ließ den Umhang auf einen blauen Teppich voller bunter Fische fallen.

«Ich weiß alles, Nefra …»

Sie konnte seinen Blicken nicht länger ausweichen und hielt den Atem an, um den leuchtenden Tiefen seiner Augen zu trotzen. Freudig ließ sie sich für einen Augenblick in seinem liebevollen Blick treiben, doch dann schien sie die um sich schlagenden, ertrinkenden Arme aller seiner anderen Frauen zu sehen und entglitt ihm, als er sich herabbeugte, um sie zu küssen. «Mein Ba wird im Käfig deines Harems verenden», warnte sie ihn.

«Nefra, ich habe doch nicht ganz Ägypten nach einer weiteren Konkubine abgesucht. Die sind schon zufrieden mit ihren Gärten und ihren Affen, die sie als Haustiere halten, aber du bist meine Schwester im Geiste, für die ich bereits ein Haus am Nil weitab vom Palast habe bauen lassen. Entspricht das dem Wunsch deines Herzens, meine Liebe?»

«O ja, mein Herr …»

«Dann teile deine Freude mit mir, denn die Suche nach dir war eine schwere Zeit für mich.» Er lächelte, als sie plötzlich vor ihm niederkniete und dankbar zu ihm aufblickte. Er hielt ihr Gesicht sanft in den Händen. «Möchtest du nicht *alles* von deinem Herrn sehen?», flüsterte er, und sie nahm ihm gehorsam seinen goldenen Gürtel ab, der aus zehn miteinander verbundenen Henkelkreuzen bestand, die seine Hüften mit ihrer Lebensenergie umfassten. Sie wollte schon aufstehen, um sein Lendentuch sorgfältig über einen Schemel zu legen und damit gleichzeitig seinem königlichen Phallus aus dem Weg zu gehen, der ihr Furcht einflößte, aber er warf das golddurchwirkte Leinen achtlos beiseite und hielt sie so, dass sie sich seiner gottähnlichen Männlichkeit gegenübersah.

«Mein Herr», murmelte sie und küsste zaghaft das Ende seines fleischigen Zepters, wurde dann aber ein wenig selbstsicherer, als sie die verständnisvolle Zärtlichkeit hinter seiner Erwartung ihres Gehorsams spürte. «Mein Herr», wiederholte sie, «Prinz von Kam, Maj-Ra … Ihr seid …» Sie leckte ihn neugierig, zögerlich, denn noch nie hatte sie Min so persönlich angebetet; bislang hatte sie lediglich seiner Statue Körbe voller Getreide geopfert, zusammen mit allen anderen. «Ihr seid … Ihr seid Herr von ganz …» Sie nahm ihn kühn in den Mund und saugte an ihm mit einem Hunger, der sie selbst verblüffte. Seine Hände legten sich auf ihren Kopf, als wolle er sie segnen, während er groß und gerade wie ein Gott über ihr stand und ihr durch die beruhigende Art, in der er ihr übers Haar strich, versicherte, dass sie keineswegs unverzeihlich selbstsüchtig war … im Gegenteil, sie spürte, wie er die Freude seiner göttlichen Großzügigkeit durch ihren andächtigen Mund erlebte … bis er sie in seine starken Arme nahm und sie von seinem köstlichen Dreschflegel hochzog.

«Bitte vergebt mir, mein Herr!», keuchte sie. «Es war nur so, dass mir plötzlich klar wurde, warum Katzen … warum sie …»

Er lachte. «Das war das schönste Bad, das ich je gehabt habe, mein Kätzchen, aber sieh doch mal, wie du dich in all dem Leinen verheddert hast. Komm, ich helfe dir, dich daraus zu befreien …» Er zog sie tiefer ins Zelt, wo Hathors anmutiger Kuhkopf aus der Dunkelheit ragte, die Mondscheibe zwischen ihren grazilen goldenen Hörnern, sein Bett gebildet von ihrem schlanken Körper.

Langsam wickelte Prinz Maj-Ra Nefras Kleid auf, und die weißen Gazellen, die auf das hellgrüne Leinen gestickt und nun nicht mehr zwischen ihren Hüften eingepfercht waren, schienen in die Dunkelheit zu flüchten, als er sie wegschleuderte, und sie spürte ihren ungestümen Hufschlag in ihrem Herzen, als er sie an sich zog. Sie schrie auf, als er ihr seitlich in den Hals biss wie eine Schlange, doch dann – entschieden und wissend wie kahl rasierte Priester – begannen seine Finger mit einem magischen Gottesdienst in dem zwischen ihren Schenkeln verborgenen, versiegelten Heiligtum, das nur der Herr ihres Herzens betreten durfte.

«Oh, mein Herr, mein Herr!», rief sie und klammerte sich an seine breiten Schultern.

Er ließ nicht von ihr ab, als sein Atem sanft die leuchtenden Lotusblüten zerdrückte, die sie ihm gegeben hatte. Nachdem er die Lampe gelöscht hatte, hob er ihren schlanken Körper mühelos in seine sonnengebräunten Arme.

Hathors kühler Rücken schmiegte sich an den ihren, als seine Wärme über sie kam. Dann auf einmal war ihr, als würde Hapi, der schwarze Stier des Osiris, seine Hörner zwischen ihre Schenkel rammen. Trotz des Schmerzes fühlte sie sich zutiefst gesegnet, als der Prinz ihr die stürmische Kraft des Gottes zwischen die Beine stieß.

«Oh, Maj-Ra, helft mir!», stieß sie schwer atmend hervor. «Hapi ist hier, und er bringt mich um!»

«Ich bin hier, Schwester», flüsterte er, und sie vergaß beinahe ihre Qual unter seinem inbrünstigen, beschwichtigenden Kuss, bis Hapi sein göttliches Horn noch tiefer in sie stieß, als sehne er sich danach, für immer zwischen ihren Hüften eingeschlossen zu sein.

«Oh, mein Herr, befreit ihn bitte!», flehte sie.

«Nein, du musst ihm langsam und ehrerbietig dein Opfer darbringen – ihm als Verkörperung des Osiris, der ewig aufgeht durch deine Liebe, meine süße Isis.»